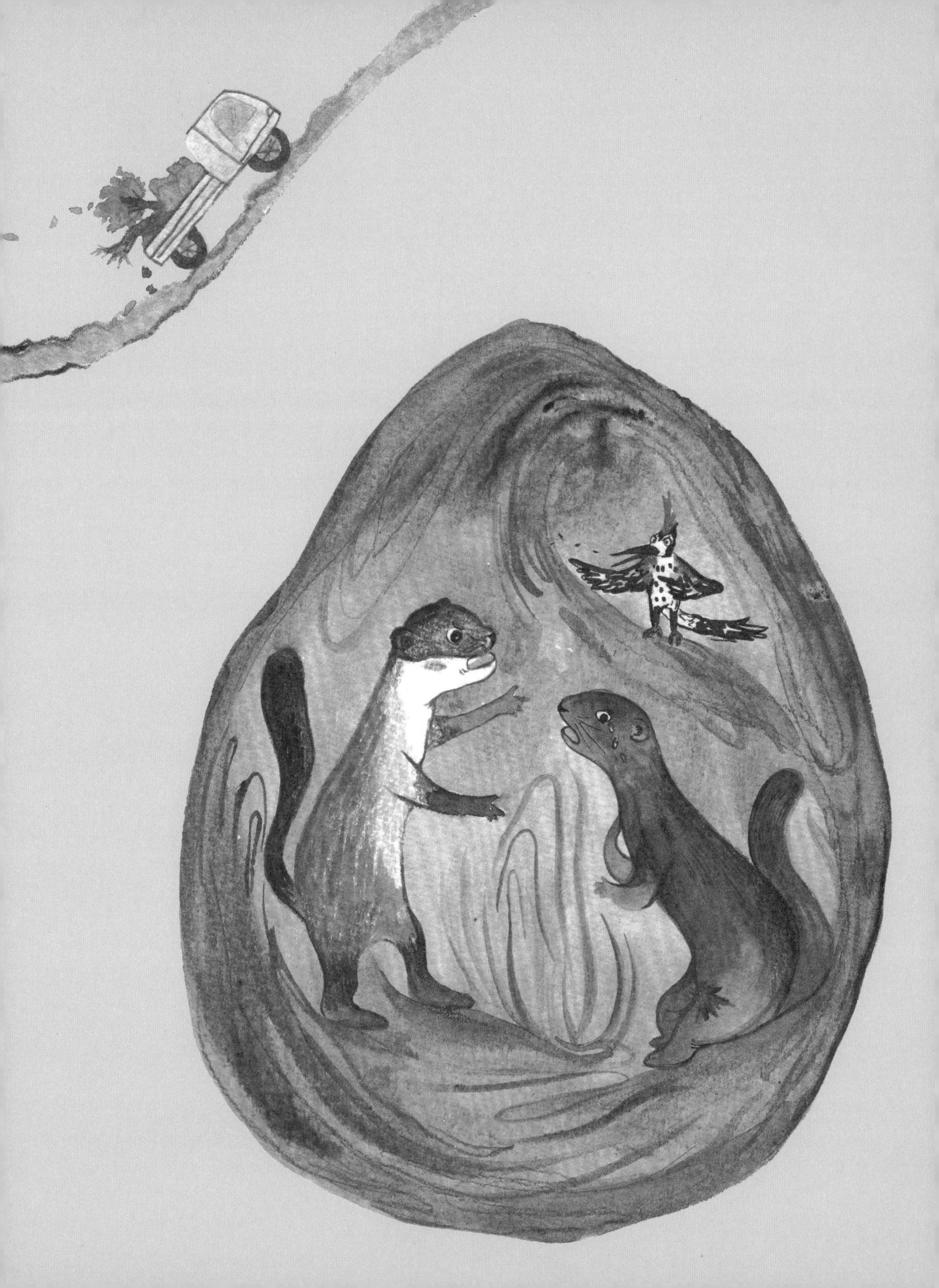

느티나무 괴물들

푸른사상 동화선 05

느티나무 괴물들

초판 인쇄 2015년 11월 25일
초판 발행 2015년 12월 3일

지은이 · 안수자 글, 최영란 그림
펴낸이 · 한봉숙
펴낸곳 · 푸른사상사

주간 · 맹문재 | 기획위원 · 박덕규
편집 · 지순이 | 교정 · 김수란
등록 제2-2876호
주소 서울시 중구 충무로 29(초동) 아시아미디어타워 502호
대표전화 02) 2268-8706~7 | 팩시밀리 02) 2268-8708
이메일 prun21c@hanmail.net
홈페이지 www.prun21c.com

ISBN 979-11-308-0587-0 04810
ISBN 979-11-308-0037-0 04810 (세트)

값 12,500원

이 도서의 국립중앙도서관 출판예정도서목록(CIP)은 서지정보유통지원시스템 홈페이지(http:// seoji.nl.go.kr)와 국가자료공동목록시스템(http://www.nl.go.kr/kolisnet)에서 이용하실 수 있습니다. (CIP제어번호 : CIP2015031910)

이 책은 광주광역시 · 광주문화재단의 보조금 일부를 지원 받아 발간되었습니다.

푸른사상 동화선 05

느티나무 괴물들

안수자 글 · 최영란 그림

작가의 말

제가 사는 마을 뒤에는 작은 산이 있습니다. 저는 그 뒷산을 참 좋아합니다.

때로는 운동 삼아, 때로는 산책 삼아, 때로는 심심해서 놀러 가기도 하지요. 그 산에는 여러 종류의 나무가 많아서 봄에는 산딸기를 따 먹고 가을에는 밤을 주워 먹는 재미가 쏠쏠하답니다.

그런데 어느 해에는 학교가 들어선다고 산 한 자락이 잘리고, 어느 해에는 대형 마트를 짓는다고 또 잘려 나갔습니다.

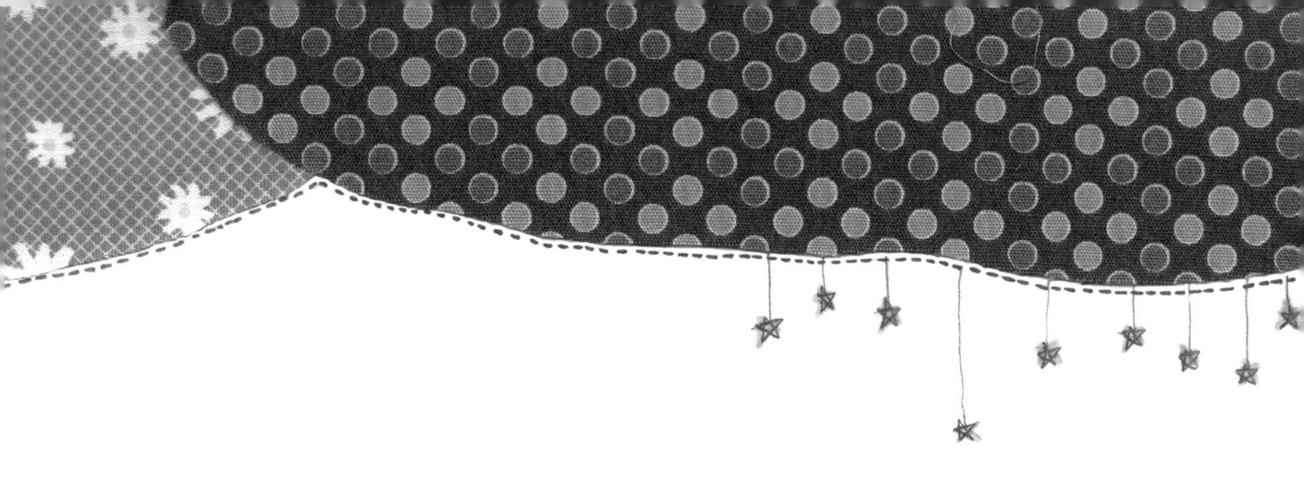

텃밭에 그늘이 진다고 커다란 나무를 죽이고, 산책로를 만들어서 해종일 사람들의 발길이 끊이지 않았습니다. 그 발길들 중에는 제 발도 한 몫 했을 것입니다.

그러더니 몇 년 전에는 산허리를 잘라서 도로를 만든다고 했습니다. 그렇게 하면 옆 동네를 가는 데 10분 정도가 빨라진대요. 땅값도 오른다고 했습니다. 많은 사람들이 찬성했고, 또 많은 사람들이 반대했습니다.

정말, 우리 맘대로 많은 생물들이 살고 있는 저 뒷산의 나무들을 베고 도

로를 만들어도 될까요? 그 속에 살고 있는 친구들에게, 그리고 우리의 욕심 때문에 자꾸만 작아지고 낮아지는 산에게 미안하고 부끄러운 생각이 들었답니다.

산을 깎아 도로를 만들고, 아파트를 짓고, 공장을 만드는 일은 모두가 어른들이 결정하는 일입니다. 그런데 어른들은 왜 그런 자연을 하찮게 여길까? 어떻게 하면 어른이 되어도 자연과 친하게 지낼 수 있을까? 생각하다가 결심했습니다. 자연 친화 동화를 쓰기로요. 우리들의 생각이 달라져야 이 지구의 미래도 바뀔 거니까요.

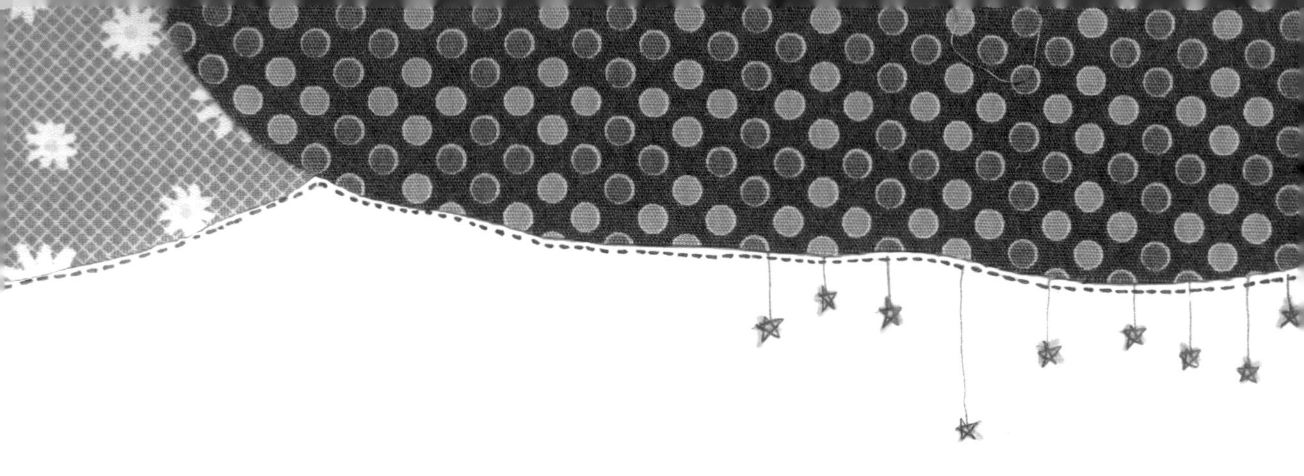

단편집 『느티나무 괴물들』에는 인간의 이기심으로 삶의 터전을 잃어버린 채 살아가는 동물들의 이야기, 인간을 바라보는 동물들의 시선, 인간과 동물이 진정한 친구가 되는 이야기, 백 살이 넘은 고택의 이야기가 담겨 있습니다.

자연은 인간의 소유물이 아닙니다. 인간도 자연의 일부분일 뿐이랍니다.

2015년 11월
안수자

차례

"주인? 사람이 이 세상의 주인이라고 누가 정한 거야?
우리가 왜 사람들이 정한 법을 따라야 해?"

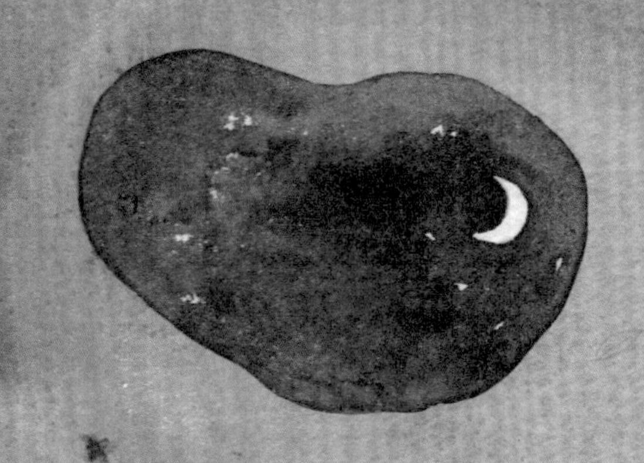

느티나무 괴물들

느티나무 괴물들

발자국 소리와 함께 불빛이 흔들렸어요. 족제비는 심장이 오그라드는 것 같았지요. 느티나무 그림자가 불빛을 등지고 길어졌어요. 족제비는 얼른 움직이는 그림자 속에 숨었어요.

"에잇, 대체 어디 숨은 거야?"

농장 주인은 투덜거리며 느티나무를 발로 찼어요.

그때였어요.

"우우우우웅~"

농장 주인의 몸이 얼어붙었어요.

족제비도 뭔가 가슴을 꽉 누른 것처럼 숨 쉬기가 힘들었어요. 꼼짝할 수 없었지요. 느티나무 가지 사이에서 어둠보다 더 검은 손들이 슬금슬금 다가왔어요.

"으악! 괴, 괴물이다!"

농장 주인은 소리를 지르며 뒷걸음질을 치다 엉덩방아를 찧었어요. 들고 있던 손전등이 바닥으로 굴러떨어졌지요. 달님도 구름 속에 숨었어요. 순식간에 주위는 검정 물감을 풀어 놓은 것처럼 깜깜해졌어요.

괴물이 번쩍 눈을 떴어요. 느티나무가 마구 흔들렸어요.

"쓰르르륵 쏴아!"

나뭇잎과 작은 열매들이 소나기처럼 쏟아졌어요.

겁에 질린 농장 주인이 네 발로 엉금엉금 기어서 마을 쪽으로 달아났어요. 족제비도 정신을 잃고 말았지요.

얼마나 시간이 지났을까? 족제비는 머리가 깨질 듯 아팠어요. 뒷다리도 창으로 쿡쿡 찌르는 것 같았고요. 겨우 눈을 떠 보니 번뜩이는 두 눈이 족제비를 노려보고 있지 뭐예요.

이젠 죽겠구나 생각하자 아기들 얼굴이 떠올랐어요.

'이대로 괴물에게 잡아먹힐 수는 없어.'

족제비는 두 눈을 감고 엉덩이에 힘을 꽉 줬어요.

"뿌우웅! 뿌우웅!"

순식간에 족제비 방귀 냄새가 퍼졌어요.

“웩웩, 켁켁!”

“뭐야, 뭐야? 이 고약한 냄새는?”

담비와 딱따구리가 독가스 속에서 뱅뱅 돌며 켁켁거렸어요.

“너, 이따 두고 보자! 두고 보자고!”

딱따구리가 숨을 헉헉거리며 날아갔어요. 뒤이어 담비도 코를 틀어막고 뛰쳐나갔지요.

둘은 냄새가 빠져나가자 돌아왔어요.

“내가 살다 살다 이렇게 지독한 냄새는 처음이다, 처음이야!”

딱따구리는 들어서자마자 시끄럽게 딱딱거렸어요.

“괜찮아?”

담비는 아직도 꼬리로 코를 막은 채 족제비를 바라보았지요.

“미안, 괴물을 쫓으려고 그런 거야. 너희는 괴물 못 봤니?”

“괴물? 여기가 괴물 뱃속이야. 괴물이 널 꿀꺽 삼킨 거지. 삼킨 거야!”

딱따구리가 키득키득 웃으며 놀렸어요.

“여긴 느티나무 할아버지 몸속이야. 그제 저녁, 집 앞에 쓰러져 있는 걸

우리가 데려왔어."

담비가 족제비의 상처를 살피며 말했어요.

"뭐? 그럼 이틀이나 지났다고?"

"우리 아니었으면 넌 벌써 죽었을걸. 죽었을 거야!"

딱따구리가 날개를 쫙 펴고 잘난 척했어요.

"느티나무 할아버지의 위험 신호를 듣고 나가 보니 네가 사람에게 쫓기고 있었어."

"그래서 우리가 괴물의 눈이 되었지, 되었어."

딱따구리가 끼어들며 호들갑을 떨었어요.

족제비는 그날 밤 느티나무 밑에서 있었던 일이 생각났어요. 괴물이 나타난 거라고 생각했는데, 그 번뜩이던 눈이 담비와 친구들의 눈이었다니.

"그럼 좀 전에 본 괴물은?"

이번에는 딱따구리와 담비가 놀란 듯 주변을 두리번거렸어요.

작은 구멍으로 햇살이 들어왔어요. 담비와 족제비가 동시에 눈살을 찌푸렸어요.

"아, 이거였구나!"

족제비가 햇살이 들어오는 곳을 가리키며 환하게 웃었어요. 두 개의 작은 구멍 주변에는 나무 혹들이 울퉁불퉁 괴상한 모양을 하고 있었어요.

"그러고 보니 정말 괴물 같다, 괴물 같아!"

딱따구리가 훅 주변을 돌면서 소리쳤어요.

조금 전까지만 해도 괴물로 보이던 나무 혹이 따뜻하게 미소 짓는 것처럼 느껴졌어요.

"넌 어쩌다가 그렇게 다친 거야?"

담비가 걱정스러운 얼굴로 물었어요.

"닭을 사냥하다가 농장 주인에게 맞았어."

"도둑놈! 도둑놈!"

딱따구리가 날개를 파득거리며 딱딱거렸어요.

"내가 왜 도둑이냐?"

"주인 허락도 없이 가져가면 그게 도둑이지. 도둑이야!"

"주인? 사람이 이 세상의 주인이라고 누가 정한 거야? 우리가 왜 사람들이 정한 법을 따라야 해?"

딱따구리와 담비는 멍한 표정으로 족제비를 쳐다볼 뿐 아무 말도 하지 못했어요.

"사람들이 우리 먹이를 다 없앴잖아. 또 이 산의 나무를 베면서 우리 허락을 받았어? 받았냐고!"

족제비는 털을 부풀리며 몸을 부르르 떨었어요.

"알았어, 알았다고. 누가 사람들이 잘했다고 했냐? 했어?"

딱따구리가 양 날개를 내저으며 족제비 말을 막았어요.

"어쨌든 구해 줘서 고마워. 난 아기들한테 가 봐야겠어."

족제비는 뒷다리를 질질 끌면서 힘겹게 기어갔어요.

"거 참 잘됐네. 나도 잡을 생각 없거든!"

딱따구리가 족제비 뒤를 뒤뚱뒤뚱 따라가며 빈정거렸어요.

"그러다가는 금방 또 쓰러질 거야. 좀 더 쉬어야 해!"

담비가 진심으로 말렸지만 족제비는 가만히 있을 수가 없었어요.

"내 아기들한테 가야 해."

비틀거리며 걷던 족제비가 입구에 픽 쓰러지고 말았어요.

산 중턱 커다란 팽나무에는 아무도 모르는 구멍이 있어요. 족제비는 그 속에 아기를 낳았어요. 그런데, 며칠 전부터 사람들이 나무를 베기 시작했어요. 산에 도로가 생긴대요. 아기들이 있는 팽나무도 언제 베어질지 몰라요. 벌벌 떨며 엄마를 기다릴 아기들을 생각하자, 족제비는 숨이 막혔어요.

"넌 여기 있어. 우리가 네 아기들을 데려올게."

담비가 벌떡 일어나며 말했어요. 그러고는 딱따구리를 보았죠. 살짝 미소까지 띠고요.

"난 싫어! 내가 왜 그런 일까지 하냐?"

"나 먼저 갈게. 팽나무 앞에서 봐."

담비는 서둘러 집을 나섰어요.

"난 안 갈 거야. 안 간다니까!"

딱따구리가 담비를 향해 소리쳤어요.

족제비는 몸을 반쯤 일으킨 채 초조하게 밖을 내다봤어요. 딱따구리는 밖으로 나와 느티나무 가지에 앉았지요.

"어서 가거라."

느티나무가 속삭였어요.

"싫어요. 이번에는 안 돼요."

딱따구리는 느티나무 몸에 숨어 있는 벌레를 콕콕 쪼며 버텼죠.

"난, 괜찮다. 늦기 전에 어서 가."

느티나무는 딱따구리가 앉은 가지를 살랑살랑 흔들었어요. 딱따구리는 못 이기는 척 하늘 높이 날아올랐지요.

"난 하나도 안 궁금해. 느티나무 할아버지가 부탁해서 어쩔 수 없이 가

는 거야. 어쩔 수 없이."

혼잣말을 하며 빠르게 날아갔어요. 멀리서도 잘록해진 산허리가 눈에 훤히 들어왔어요.

"윙잉잉잉!"

기계톱 소리가 들렸어요. 팽나무와 가까워질수록 소리는 더 요란했어요. 기계톱 날이 햇볕을 받아 번쩍거렸어요. 딱따구리는 머리털이 곤두서는 것 같았지요. 팽나무 근처의 작은 나무들은 모두 베어져 나뒹굴고 있었어요. 목에 수건을 두른 벌목꾼이 팽나무에 기계톱을 갖다 댔어요. 팽나무가 부르르 몸을 떨었어요.

'족제비 아기들은 어디 있을까?'

딱따구리는 나무를 빙 둘러보았어요. 벌목꾼의 머리보다 조금 위쪽에 구멍이 있었어요. 얼른 구멍 속으로 들어갔지요. 솔방울만 한 아기 족제비 세 마리가 뒤엉켜 있었어요. 바들바들 떨면서요.

"애들아, 걱정하지 마!"

여섯 개의 눈이 딱따구리를 향했어요.

딱따구리는 빠르게 담비를 찾아 날아갔어요. 담비는 베어진 나무 틈에서 발만 동동 구르고 있었어요.

"어쩌면 좋아? 아기들은 어떻게 됐을까?"

담비의 눈에는 눈물이 그렁그렁했어요.

"아직 아기들은 무사해. 내가 벌목꾼의 시선을 끌어 볼게."

"그사이에 난 아기들을 데리고 나올게."

딱따구리는 아기가 있는 위치를 알려 주고 팽나무를 향해 먼저 날아갔어요. 기계톱은 벌써 팽나무 깊숙이 꽂혀 있었지요. 딱따구리는 벌목꾼의 머리를 살짝 스치며 빠르게 날았어요.

"앗, 이게 뭐야?"

벌목꾼이 깜짝 놀라 엉덩방아를 찧었어요. 기계톱이 요란스럽게 흔들렸어요. 얼른 일어나 스위치를 껐어요.

"저놈의 새가 미쳤나? 갑자기 왜 머리에 부딪치고 난리야?"

벌목꾼은 헛손질로 딱따구리를 쫓았어요. 딱따구리는 다시 돌아와 벌목꾼의 눈높이에 맞춰 뱅뱅 돌았지요.

벌목꾼이 목에 걸린 수건으로 땀을 닦으며 팽나무를 올려다봤어요. 들고 있던 기계톱을 땅바닥에 내려놓고 털썩 주저앉았어요. 좀 쉬려는 것 같았죠.

그사이에 담비가 몰래 아기들을 한 마리씩 물고 나왔어요.

담비와 딱따구리가 아기들을 데리고 집에 돌아왔을 때는 이미 산 그림자가 느티나무를 덮고 있었어요.

족제비가 집 앞까지 나와 기다리고 있었어요.

"정말 고마워! 이 은혜는 절대 잊지 않을게."

족제비가 아기들을 품에 안으며 말했어요. 아기들은 젖을 찾아 정신없이 빨기 시작했어요.

"딱따구리가 아니었으면 못 구했을 거야."

담비의 말이 족제비가 딱따구리를 바라봤어요.

"난, 느티나무 할아버지의 부탁을 들어준 것뿐이야. 알았어?"

"그래도 고마워! 느티나무 할아버지, 감사합니다."

족제비가 느티나무를 올려다보며 고개를 꾸벅 숙였어요.

"내가 이 집을 떠나든지 해야지, 원. 어휴, 짜증나, 짜증나!"

딱따구리는 족제비 가족을 바라보며 투덜거렸어요.

"그렇게 말해도 난 네 마음 다 알아."

담비가 딱따구리를 보며 빙그레 웃었어요.

"너희들, 나무껍질이나 뿌리를 할퀴는 건 절대 안 돼! 이 주변에 오줌을 질질 흘리고 다녀도 바로 쫓아낼 거야! 알았어?"

딱따구리는 족제비 가족에게 으름장을 놓고는 느티나무 가지 위로 날아 올랐어요.

"할아버지! 이제는 몸 생각도 하셔야죠. 이러다가는 할아버지 수명이 백 년은 줄어들 거예요. 다음에 또 그러시면 제가 동물들을 모두 쫓아낼 거예요."

딱따구리가 느티나무 몸통을 콕콕 쪼면서 속삭였어요.

"괜찮다, 괜찮아."

느티나무가 작은 가지를 움직여 딱따구리를 다독였어요.

어느새 족제비 아기들이 느티나무 둘레를 돌면서 장난을 치고 있었어요. 느티나무가 하르르 나뭇잎을 흔들었어요.

"느티나무 할아버지가 죽는 건 생각만 해도 끔찍해.
지금까지 할아버지가 우리를 품어 주신 것처럼,
이제부터는 우리가 할아버지를 보살펴 드려야 해."

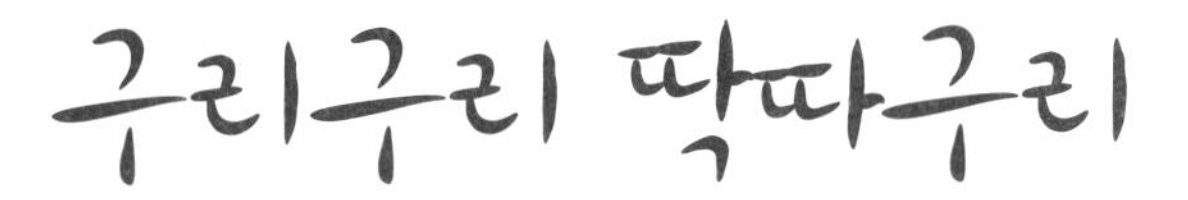
구리구리 딱따구리

구리구리 딱따구리

며칠째 부슬부슬 내리던 비가 오늘은 장대비로 바뀌었어요. 마치 하늘에 구멍이 난 것처럼요.

"우르릉 쾅쾅!"

날카로운 빛이 번쩍 하며 하늘을 갈랐지요.

"우지직 쿵!"

고양이는 순식간에 바닥으로 내동댕이쳐졌어요. 집이 쓰러진 거예요. 썩은 나무둥치가 더 이상 비바람을 견디지 못한 거지요. 갑자기 깜깜한 밤처럼 아무것도 보이지 않았어요. 꼬리로 더듬더듬 문을 찾았어요. 하필이면 입구 쪽이 땅바닥으로 넘어져 문이 막혀 버렸어요.

"엄마, 무서워!"

고양이는 아기들을 품에 안았어요.

큰일이에요. 집에 물이 차고 있어요. 앞발을 쭉 펴자 나무 벽에 닿았죠. 더듬더듬 약한 곳을 찾아 발톱으로 갉기 시작했어요. 고양이는 두 아기를 등에 업은 채 정신없이 팠어요. 발톱이 빠져나갈 것처럼 아팠어요. 끈적끈적한 물이 흘러내렸죠. 이번에는 이빨로 물어뜯었어요. 입이 얼얼했어요. 드디어 아기 고양이가 겨우 빠져나갈 수 있을 정도의 구멍이 뚫렸어요. 먼저 아기들을 구멍 밖으로 내보냈어요.

"얘들아, 나무 위에 올라가 있어. 엄마도 곧 나갈게."

고양이는 다시 나무를 갉기 시작했지요. 엄마 고양이가 나가기에는 구멍이 턱없이 작았거든요. 입에서도 피가 났어요. 물이 가슴까지 차올라 숨쉬기도 힘들었어요. 구멍에 앞발을 걸어서 몸을 물 위로 끌어올렸지요. 물에 흠뻑 젖은 몸이 덜덜 떨렸어요.

"엄마! 빨리, 빨리 나와!"

아기들의 다급한 목소리가 귀에서 웅웅거렸어요. 코와 입으로 물이 들어왔어요. 남은 힘을 다해 머리를 구멍 바깥으로 밀어냈어요. 고양이는 머리만 구멍 밖으로 내민 채 꼼짝도 할 수 없었어요. 몸이 빠져나가기에는 구멍이 너무 작았거든요.

"도와주세요! 우리 엄마 좀 살려 주세요!"

아기 고양이들의 울음소리는 비바람에 묻혀 버리고 말았어요.

"내가 미쳤지! 할아버지가 가 보란다고 나오다니. 집에서 낮잠이나 잘 걸. 이런 빗속에 뭐하고 다니는지, 나도 내가 이해가 안 돼. 안 된다니까."

딱따구리는 투덜거리며 혼자 숲 속을 날았어요.

"에이, 그만 돌아갈래."

딱따구리가 집을 향해 막 방향을 바꿨을 때였어요. 쓰러진 나무둥치 위에 앉아 벌벌 떨고 있는 아기 고양이 두 마리가 눈에 들어왔어요. 나무둥치는 물웅덩이에 둥둥 떠 있었어요.

"정말 짜증나 죽겠어. 보고 그냥 갈 수도 없잖아!"

딱따구리는 아기 고양이들에게 날아갔어요. 급하게 내려앉느라 하마터면 물속으로 곤두박질칠 뻔했어요.

"이런 빗속에 너희들만 놔두고 엄마는 어딜 간 거야? 어디 갔어?"

"엄마! 엄마!"

아기 고양이들이 무언가를 핥기 시작했어요. 엄마 고양이의 머리였죠. 다행히 아직 살아 있었어요.

"얘들아, 저리 좀 비켜 봐! 따다다닥 따다다닥!"

딱따구리가 구멍을 쪼아 대자 고양이가 눈을 떴다가 다시 감았어요.

"이봐? 정신 차려. 정신 차려!"

딱따구리가 고양이의 머리를 콕콕 찍으며 소리쳤어요.

"우리 아기들은?"

고양이는 눈도 제대로 뜨지 못하고 물었어요.

"엄마, 엄마! 죽지 마!"

딱따구리는 다시 정신없이 나무를 쪼았어요. 부리가 보이지 않을 정도로 빨랐죠.

"따다다닥 따다다닥!"

아기 고양이들은 숨죽인 채 딱따구리를 지켜보았어요.

드디어 고양이가 빠져나왔어요. 고양이도 딱따구리도 모두 기진맥진했지요.

"괜히 돌아다니다가 이게 뭔 고생이람."

딱따구리가 지친 목소리로 중얼거렸어요.

"갈 곳은 있냐? 아냐, 대답하지 마. 내가 그걸 왜 물어보는 거야? 난, 갈 거야. 간다?"

딱따구리는 애써 아기 고양이들에게서 눈을 돌렸어요.

"흥, 내가 알 게 뭐야? 자기들이 알아서 하겠지. 하겠지!"

딱따구리는 뒤도 안 돌아보고 느티나무로 날아갔어요. 비를 맞아 춥고 떨렸어요. 느티나무가 잎사귀로 비를 막아 주었어요. 부르르 몸을 털어 물기를 말리는데 아기 고양이들의 울음소리가 귓가를 맴돌았어요.

아무리 고개를 저어도 오들오들 떨고 있던 아기 고양이들의 모습이 자꾸만 떠올랐어요. 그대로 있다가는 모두 죽고 말 거예요.

"괜히 갔어, 괜히 갔어!"

딱따구리는 안절부절못하고 종종거렸어요. 아기 고양이들이 걱정되어 견딜 수가 없었거든요.

"어서 가 봐라!"

느티나무는 딱따구리의 마음을 알고 있다는 듯이 말했어요.

고양이 가족은 커다란 상수리나무 밑에 있었어요. 엄마 고양이는 두 아기를 품에 안은 채 눈을 감고 있었죠. 딱따구리가 가까이 다가가도 알아채지 못했어요.

"여기서 뭐하는 거야? 아기들을 죽일 셈이야?"

딱따구리의 말에 고양이가 눈을 번쩍 떴어요.

"따라와! 따라오라고."

딱따구리는 고양이네 가족이 따라올 수 있도록 천천히 날았어요.

느티나무에 도착했을 때 고양이는 그 자리에 푹 쓰러져 버렸어요. 며칠

동안 정신 못 차리고 계속 잠만 잤지요.

"식구를 또 늘리다니! 내가 미쳤지, 미쳤어!"

딱따구리는 머리를 나무에 콩콩 찧었어요.

"그건 네 잘못이 아니야."

담비의 위로에도 딱따구리는 마음을 진정시킬 수가 없었어요. 요즘 들어 느티나무 심장 소리가 점점 약해지고 있었거든요. 태풍이 지나간 뒤로 힘을 잃고 말라 가는 나뭇잎들도 늘어났고요.

"고양이 가족을 내보내야 해. 보낼 거야!"

"그건 너무 잔인해. 당장 갈 데도 없는 줄 뻔히 알면서. 거기다 어린 아기들까지 있잖아."

족제비가 딱따구리를 노려보며 말했어요.

"내가 잔인하다고? 그럼, 족제비 네가 대신 나갈래? 나갈래?"

"뭐라고?"

"너희들도 알아야 해! 이러다가는 할아버지도 다른 나무들처럼 쓰러질 수도 있다고!"

딱따구리가 목소리를 높였어요.

"이 집이 쓰러진다고?"

고양이가 벌떡 일어났어요.

"너, 언제 깨어났어? 몸은 괜찮아?"

"정말이야? 정말 이 집이 쓰러져?"

"아니야! 딱따구리가 괜히 그러는 거야. 느티나무 할아버지는 아직 건강하셔."

담비가 꼬리를 가로저으며 말했어요.

"건강하다고? 밖에 나가 봐. 나가 보라고!"

담비와 족제비는 얼른 밖으로 나갔어요. 둘은 느티나무를 한 바퀴 빙 둘러보았지요. 땅바닥에는 초록 잎들이 수북이 떨어져 있었어요.

"나뭇잎들이 말라 가고 있어."

담비가 한숨을 길게 내쉬었어요.

"며칠 전부터 할아버지 몸에 벌레들이 잔뜩 생겨나고 있어. 엄청 가려울 거야. 너희들이 알기나 해? 아냐고!"

딱따구리가 담비와 족제비를 쏘아보며 땅으로 내려앉았어요.

"난, 그것도 모르고……. 이제 어쩌지?"

족제비는 땅바닥에 풀썩 주저앉았어요.

"난 어떻게든 할아버지를 구해 낼 거야."

딱따구리의 목소리에는 비장함이 느껴졌어요.

"느티나무 할아버지가 죽는 건 생각만 해도 끔찍해. 지금까지 할아버지가 우리를 품어 주신 것처럼, 이제부터는 우리가 할아버지를 보살펴 드려야 해."

담비도 네 다리에 힘을 주고 허리를 꼿꼿이 세워 친구들을 둘러보았지요.

"어떻게 하면 할아버지를 살릴 수 있어? 무슨 일이든 할게."

족제비도 담비의 말에 찬성했어요.

"나도 도울게."

조용히 지켜보고 있던 고양이도 한마디 했어요.

딱따구리가 포르르 날아서 느티나무의 뿌리에 앉았어요.

"이걸 봐! 이걸 보라고."

폭풍으로 흙이 움푹 패어 뿌리가 완전히 드러나 있었지요.

"이제 금방 벌레들이 몰려들 거야. 그러면 어떻게 되겠냐? 어떻게 되겠어?"

"그럼 어떡해?"

담비가 울상을 지으며 물었어요.

"먼저, 뿌리를 흙으로 덮어야 해. 덮어야 해!"

"알았어!"

족제비는 딱따구리의 말이 끝나기도 전에 흙을 파기 시작했어요. 족제비 아이들도 엄마를 따라 했지요.

"파기만 하면 뭐하냐? 그 흙을 어떻게 저기로 옮길 건데? 옮길 건데?"

딱따구리의 말에 족제비가 하던 일을 멈췄어요.

"잠깐만 기다려 봐!"

고양이는 숲으로 달려가더니 커다란 오동나무 잎사귀를 물고 왔어요.

"여기에 흙을 담아서 옮기면 돼!"

"그럼 되겠다."

모두가 박수를 치며 좋아했지요.

"나는 이제부터 할아버지를 괴롭히는 벌레를 잡을 거야. 이래 봬도 내가 나무 의사라고. 나무 의사!"

느티나무 주변은 금세 시끌벅적해졌어요. 어디서 날아왔는지 수많은 딱따구리들이 느티나무에 앉았지요. 따다다닥 따다다닥 벌레 잡는 소리가 요란했어요.

족제비는 발톱이 닳도록 땅을 파고, 족제비 아이들은 오동나무 잎사귀에 흙을 담느라 흙투성이가 되었어요. 담비와 고양이는 나뭇잎에 담긴 흙을

옮기느라 이빨이 얼얼하고 턱이 빠질 듯 아팠어요. 친구들은 꼬박 삼 일 동안 땀을 뻘뻘 흘리며 흙을 퍼 날랐지요.

드디어 땅 위로 드러났던 뿌리에 수북이 흙이 쌓였어요. 친구들은 기진맥진해서 느티나무 밑에 벌러덩 드러누웠어요. 모두 흙투성이가 되어 있었죠.

“자, 이젠 흙 위에 물을 뿌려야 해. 뿌려야 해!”

딱따구리 말이 끝나기도 전에 족제비 아이들이 개울 속으로 퐁당 뛰어들었어요. 엄마 족제비와 담비도 물속으로 뛰어들었지요. 물을 무서워하는 고양이들은 개울가에 앉아 손으로 온몸을 닦아냈어요. 털이 흠뻑 젖은 담비와 족제비가 느티나무 밑에서 몸을 부르르 털었어요. 족제비 아이들도 엄마를 따라 바르르 털었죠. 느티나무 뿌리 위로 물방울이 비 오듯 떨어졌어요. 족제비 가족과 담비는 머리가 뱅뱅 돌 때까지 물을 뿌렸어요.

“이젠 좀 기다려 보자.”

물 뿌리기가 끝나자 딱따구리가 말했어요.

딱따구리는 날마다 느티나무 몸에 귀를 기울였어요.

며칠이 지났어요.

‘쿠르르쿠르르’ 소리가 들렸어요. 할아버지가 온몸으로 물을 뿜어 올리는 소리였죠.

"이젠 됐어! 됐어!"

딱따구리가 친구들 머리 위를 날아다니며 소리쳤어요.

"그럼, 이제 할아버지 살 수 있어?"

담비와 족제비가 눈을 반짝이며 느티나무를 바라봤어요.

"완전히 다 나은 건 아니야. 이 많은 식구들이 계속 살게 된다면 다시 나빠질 수도 있어. 있다고!"

딱따구리의 말에 고양이가 얼른 아기들을 품에 안았어요. 친구들을 애처로운 눈빛으로 바라보면서요.

"안 돼! 고양이네 가족을 내보낼 수는 없어. 저렇게 작은 아기들을 데리고 어쩌라고!"

족제비가 고양이 앞으로 나서며 말했어요.

"그럼 느티나무 할아버지는 어떡해? 어떡할 거야?"

딱따구리도 지지 않고 소리쳤어요.

"내가 나갈게. 그럼 되잖아?"

"그건 말도 안 돼!"

담비가 족제비를 말렸어요.

"우리 아이들은 많이 자랐어. 이제 여기는 너무 좁아."

고양이는 아무도 몰래 안도의 숨을 내쉬었어요.

"느티나무 할아버지! 그동안 고마웠어요. 자주 올게요."

족제비는 부드러운 꼬리로 느티나무를 어루만졌어요. 그러고는 아이들을 데리고 떠났지요.

담비는 족제비 가족이 보이지 않을 때까지 손을 흔들었어요. 고양이는 느티나무 위에서 멀어져 가는 족제비네 가족을 몰래 지켜보았죠.

"너, 여기 있으면 괜히 귀찮을 일이 생길까 봐 도망가는 거지? 내가 끝까지 따라갈 거야. 따라갈 거야!"

딱따구리는 족제비 가족을 따라가며 딱딱거렸어요.

"구리구리 딱따구리! 너, 우리랑 헤어지기 싫은 거지? 네 마음 다 알아."

족제비가 머리 위에서 날고 있는 딱따구리를 올려다보며 말했어요.

"누가 그렇대? 그렇대?"

담비와 고양이는 털을 최대한 부풀려 몸을 크게 만들고, 손톱을 세워 덤벼들 것처럼 으르렁거렸어요.

날아라, 담비야

날아라, 담비야

"우와, 여기 시원하고 좋다."

사람들 소리예요.

며칠 전, 누군가 느티나무 그늘에 대나무 평상을 갖다 놓았어요. 그때부터 사람들이 많아진 거예요.

"잠도 안 자나? 깜깜한데 남의 집 앞에서 뭘 하는 거야? 뭘 하냐고."

딱따구리가 투덜거렸어요.

"쉿! 조용히 해! 밖에서 들으면 어쩌려고?"

고양이가 눈을 흘기며 수염을 바짝 세웠어요. 사람들이 나타난 다음부터 부쩍 짜증이 늘었어요.

밖은 달님이 앞산을 넘어 느티나무 꼭대기에 걸리고 나서야 조용해졌어요. 그때서야 느티나무 식구들도 모두 밖으로 나왔지요. 평상과 주변에서는 사람 냄새가 났어요. 담비는 머리가 지끈지끈 아팠어요.

밖으로 나온 아기 고양이들은 꼬물꼬물 장난을 치며 즐거워했어요. 고양이는 어느새 먹이를 구하러 갔는지 보이지 않았죠. 담비도 배가 고팠지만 참을 수밖에 없었어요. 아기 고양이들만 두고 갈 수는 없었거든요.

고양이는 새벽녘이 되어서야 돌아왔어요. 담비는 새벽부터 아침까지 산을 헤맸지만 먹이를 구하지 못했어요. 뱃속에서 천둥소리가 났어요.

"앗, 저게 뭐지? 아빠! 담비예요, 담비!"

파란 모자를 쓴 꼬마 아이가 쫓아오며 소리쳤어요. 그 뒤를 빨간 등산복을 입은 남자가 따라왔어요. 담비는 쫓아오는 사람을 따돌리고 나뭇더미 속에 숨었지요. 숲 속 여기저기를 기웃거리던 사람들은 이내 산책로 쪽으로 사라졌어요.

얼마 전 사람들은 작은 나무와 가시덤불을 모두 베고 산책로를 만들었어요. 군데군데 나무 의자와 운동 기구들도 갖다 놓았죠. 그때부터 사람들 발길이 끊이지 않았어요.

담비는 하루 종일 사람들을 피해 나뭇더미 속에 숨어 있다가 밤이 깊어진 후에야 느티나무의 품속으로 돌아갈 수 있었어요.

"어디 갔다 이제 와? 너 혼자만 맛있는 것 먹고 온 거 아냐? 아냐?"

딱따구리가 따따따 질문들을 쏟아냈어요.

"아침에 돌아오다가 사람들을 만나서 올 수가 없었어."

"사람들에게 들켰다고? 그럼 여기도 위험한 거 아니야?"

아기들에게 젖을 먹이던 고양이가 벌떡 일어났어요.

다음 날은 아침부터 사람들이 몰려왔어요. 그중에는 카메라를 멘 사람과 그물 총을 든 사람도 있었어요. 그 사람들은 산책로가 아닌 숲 속 구석구석을 돌아다니며 담비의 흔적을 찾아다녔지요. 멸종 위기 동물인 담비가 여기서 발견됐다고 떠들어 대면서요. 잘 오지 않던 동네 꼬마들까지 몰려왔어요. 시끄럽게 떠들어대는 통에 낮잠도 잘 수 없었어요. 가끔은 느티나무를 기어오르려고 해서 담비와 고양이를 긴장시키기도 했지요.

"담비 너 때문이야! 이제 어떡할 거야?"

고양이는 등을 둥그렇게 말아 올리고 꼬리를 착 내려 다리 사이에 집어넣었어요. 고개를 살짝 들어 담비를 매섭게 쏘아보며 다가섰어요.

"그래서, 뭘 어쩌라고? 어쩌라고?"

딱따구리가 담비 앞으로 나서며 소리쳤어요.

"어쩌긴 뭘 어째? 떠나야지. 걔 때문에 우리까지 위험해질 수는 없잖아?

들통나면 우리 아기들은 어떻게 해? 너희들이 책임질 거야?"

고양이가 자고 있는 아기들을 품에 안으며 눈을 부릅떴어요.

"너 지금 누구더러 나가라는 거야! 그렇게 걱정되면 네가 나가면 되잖아! 나가라고!"

딱따구리는 아기를 안고 있는 고양이의 엉덩이를 부리로 콕콕 찍었어요. 고양이가 팔을 들어 딱따구리를 막았어요. 그 바람에 딱따구리가 바닥에 내동댕이쳐졌어요.

"너, 감히 나를 쳤어? 은혜를 원수로 갚겠다, 이거지? 이거야!"

흥분한 딱따구리는 펄쩍펄쩍 뛰며 고양이 주위를 빙빙 돌았어요.

고양이는 두 아기들을 더 꼭 안으며 딱따구리와 담비를 노려봤어요.

"싸우지 마! 나 때문에 이렇게 된 거니까 내가 나갈게."

담비가 딱따구리와 고양이 사이를 가로막으며 울먹였어요.

"네가 왜? 나가려면 재가 나가야지. 당장 나가! 빨리 안 나가?"

딱따구리가 소리 지르며 고양이를 다시 공격하려고 했어요. 담비가 팔을 쫙 벌리고 딱따구리를 막아섰어요.

"저 어린것들을 데리고 어디로 가겠냐?"

"그럼 넌? 널 잡으려는 사람들이 숲 속을 돌아다니고 있어. 돌아다니고 있다고!"

“지난번에 숨었던 나뭇더미 속에 있으면 못 찾을 거야.”

담비의 말에 딱따구리는 긴 한숨을 내쉬었어요.

“차라리 고양이 네가 사람들한테 사정해 보면 어때? 너희들은 사람들이랑 친하잖아.”

“말도 안 돼. 작년에 낳은 내 아기들을 빼앗아 간 게 누군데? 생각만 해도 끔찍해.”

담비는 자기를 붙잡는 딱따구리를 뿌리치고 집을 나왔어요.

종일 나뭇더미 속에 웅크리고 앉아 있자니 답답해서 숨이 막혔어요. 조심스럽게 밖으로 나왔죠. 사람들의 눈을 피해 나무 위로 돌아다닐 수밖에 없었어요. 거기서는 새로 뚫린 고속도로와 그 너머 숲도 보였어요.

“길 건너 저쪽으로 갈까?”

담비는 나무에서 내려와 고속도로 바로 옆까지 갔어요. 차들이 쌩쌩 달리는 도로를 물끄러미 바라보았어요. 그동안 이 도로를 건너다 죽은 동물들이 떠올랐어요. 고개를 절레절레 흔들었지요.

“담비야, 도망쳐!”

딱따구리가 다급하게 소리쳤어요. 뒤를 돌아보았어요. 어깨에 카메라를 멘 사람과 담비를 향에 총을 겨누고 있는 사람이 보였어요. 담비는 숲을 향해 뛰었죠.

“텅–”

그물이 휙 날아와 뒷다리를 때렸어요. 그물 총을 쏜 사람이 달려오고 있었어요. 머리와 앞다리가 걸리지 않아서 정말 다행이에요. 죽을힘을 다해 달렸어요.

담비가 사람들을 따돌리고 나뭇더미 속에서 숨을 몰아쉬고 있을 때 딱따구리가 상수리나무 위로 날아왔어요.

“이것 봐, 이것 봐! 내가 위험하다고 했잖아. 이 딱따구리가 없으면 되는 일이 없다니까. 이제부턴 나만 믿고 시키는 대로 해! 알았어? 알았어?”

너무 놀란 담비는 고개를 끄덕였어요. 그때부터 딱따구리는 숲 속을 날아다니며 사람들의 위치를 담비에게 알려 주었어요.

“앞으로는 사람들에게 쫓겨 다니지 말고 이렇게 뒤를 따라 다니는 거야.

어때? 역시 난 천재야, 천재!"

딱따구리가 날개를 팔랑거리며 호들갑을 떨었어요.

사람들은 담비가 지나다닌 길을 귀신처럼 알고 찾아다녔어요. 그러다가 배설물이나 빠진 털 뭉치를 발견하면 사진을 찍었죠. 그동안 숨어 지내던 나뭇더미도 기어이 찾아내고 말았어요. 그물 총을 메고 있던 사람이 상수리나무 가지에 작은 카메라를 설치했어요. 담비는 온몸에 오싹 소름이 돋았어요.

"앗, 저기!"

카메라를 멘 사람이 가리킨 쪽에는 고양이가 먹이를 쫓아가고 있었어요. 순간 담비는 심장이 멎을 것 같았죠.

"에이, 고양이잖아."

사람들은 실망스러운 표정으로 카메라와 그물 총을 거두었어요.

"휴우, 이런 대낮에 아기들만 두고 나온 거야?"

담비는 아기 고양이들이 마을 개구쟁이들 눈에 띄기라도 할까 봐 걱정됐어요. 느티나무를 향해 달렸지요. 어느새 딱따구리가 쫓아왔어요.

"어딜 가는 거야? 어딜 가는 거야?"

"아기 고양이들이 위험할지도 몰라! 가 봐야겠어."

"넌 그러고 싶니? 고양이가 너한테 어떻게 했는데? 내가 미쳐, 미쳐!"

딱따구리는 딱딱거리면서도 담비를 따라갔어요.

"이놈들, 저리 가지 못해!"

분명 느티나무의 소리였어요. 딱따구리는 잽싸게 느티나무로 날아갔어요. 느티나무가 온몸을 세차게 흔들며 소리치고 있어요.

두 명의 꼬마 아이들이 평상 위에서 콩콩 뛰고 있었어요. 꼬마들의 손에는 아기 고양이들이 잡혀 있었죠.

딱따구리는 꼬마들의 주변을 빙빙 돌았어요. 그래도 꼬마들은 끄떡도 하지 않았어요. 오히려 딱따구리를 향해 손을 휘둘렀어요.

"어휴, 저런 꼬마들은 정말 싫어! 감히 이 딱따구리님을 잡겠다고? 잡겠다고?"

딱따구리는 더 이상 어쩌지 못하고 투덜거리며 담비에게로 돌아갔어요.

"너는 빨리 숲으로 가서 고양이를 찾아 봐! 나는 그동안에 여기서 아기 고양이들을 지켜보고 있을게."

딱따구리는 고양이를 찾아 숲 속으로 날아갔어요. 잠시 후 파란 모자 꼬마가 아기 고양이를 평상 위에 올려놓고 신발을 신었어요. 담비는 꼬마가 아기 고양이들을 데리고 사라질까 봐 마음이 조마조마했어요. 그렇게 되면 다시는 찾지 못할 거예요.

1년 전에도 사람들에게 아이들을 빼앗겼다고 했는데, 담비는 망설일 새도 없이 평상을 향해 달렸어요. 잽싸게 평상 위에 있는 아기 고양이를 물고 느티나무 속으로 뛰어들었어요.

"다, 담비다!"

꼬마들이 소리쳤어요.

담비가 다시 밖으로 나왔을 때, 고양이도 뛰어오고 있었어요. 담비와 고양이는 털을 최대한 부풀려 몸을 크게 만들고, 손톱을 세워 덤벼들 것처럼 으르렁거렸죠.

"여기, 여기 담비가 있어요."

꼬마는 아기 고양이를 평상에 내려놓으며 소리쳤어요. 숲에서 사람들이 몰려왔어요. 고양이가 얼른 아기를 입에 물고 느티나무 품속으로 숨었어요. 담비도 고양이를 따라 들어갔지요.

사람들의 웅성거리는 소리가 점점 가까이 다가왔어요.

"여기, 느티나무 속으로 담비랑 고양이가 들어갔어요."

꼬마들이 느티나무 구멍을 가리키며 말했어요.

"어머나, 세상에! 담비가 사는 곳을 눈앞에 두고도 몰랐네요."

"그러게요. 이런 곳에 있을지 누가 알았겠어?"

"찰칵! 찰칵!"

카메라 셔터를 누르는 소리가 계속 들려왔어요. 담비와 고양이는 꼼짝

할 수 없었지요.

“담비 너까지 들어오면 어쩌냐? 너 때문에 사람들이 저렇게 수선을 떠는 거잖아?”

“어휴, 얄미워! 네 아기를 구해 준 담비한테 그게 할 말이냐? 할 말이야?”

딱따구리가 날개를 파르르 떨었어요.

“담비만 아니었으면 처음부터 일어나지도 않을 일이었어. 우리 아기들이 얼마나 놀랐겠냐?”

고양이도 지지 않고 대들었어요.

담비는 아무 말도 하지 않았어요. 사람들만 돌아가면 떠나야겠다고 생각했어요. 길 건너 숲으로 갈 생각이에요. 두렵기는 하지만 친구들까지 위험하게 만들지 않으려면 떠나야 해요.

그런데 이른 아침부터 방송국 취재 차량이 느티나무 앞에서 시끄럽게 떠들었어요.

“오늘은 멸종 위기 동물인 담비가 서식하고 있다는 느티나무 앞에 와 있습니다.”

“담비야, 큰일 났어. 큰일 났어!”

딱따구리가 숨넘어가는 소리를 하며 급히 들어왔어요.

"사람들이 너를 감시하려고 느티나무 여기저기에 카메라를 설치했어! 설치했어!"

방송국 사람들은 몇 시간 후에 모두 돌아갔어요. 그래도 담비는 카메라들 때문에 밖으로 나갈 수가 없었지요.

담비는 삼 일 동안 꼼짝도 하지 않았지요. 두 꼬마들은 매일 찾아왔어요.

"담비야, 제발 나와! 널 해치려는 게 아니야!"

"아저씨, 저 카메라 좀 치워요!"

"그러다가 담비가 굶어 죽으면 어떡해요?"

두 꼬마는 거의 울먹이며 소리쳤어요.

“그냥 나가는 게 어때? 설마 너처럼 귀하신 몸을 죽이기야 하겠냐?”

딱따구리가 걱정스럽게 말했어요.

“싫어! 구경거리가 되느니 차라리 굶어 죽을 거야.”

담비는 눈을 감아 버렸어요.

딱따구리가 담비를 위해 굼벵이를 몇 마리 잡아다 주었어요. 좋아하는 먹이는 아니지만 가릴 처지가 아니었죠.

자기한테는 별 관심이 없다는 것을 안 고양이는 자유로이 드나들었어요.

담비는 딱따구리가 잡아다 준 굼벵이로 겨우 목숨을 유지하며 일주일을 버텼어요. 이제 눈 뜨는 것조차 힘들었어요.

매일 찾아오던 꼬마 아이들도 더 이상 오지 않았어요.

“담비야! 사람들이 카메라를 떼어내고 있어.”

딱따구리가 급히 들어오며 말했어요.

“정말이야?”

“그 꼬맹이들 덕분인 줄 알아. 이제, 너 살았다. 살았어!”

담비가 일어나려다가 픽 쓰러졌어요.

“이거라도 좀 먹어 보든가.”

고양이가 아기들을 위해 잡아 온 먹이를 담비 앞으로 툭 던졌어요.

담비가 겨우 기운을 차려서 밖으로 나왔을 때는 냄새나는 평상도, 사람들이 여기저기 달아 놓은 카메라도 사라지고 없었어요. 그뿐이 아니에요. 사람들이 드나들던 길목에는 동백나무를 심어 길을 아예 없애 버렸지 뭐예요.

대신 느티나무 앞에 담비 그림이 그려진 표지판이 세워졌어요.

〈이곳은 멸종 위기 동물인 담비와 야생 동물들이 사는 곳입니다. 동물들의 사생활 보호를 위해 출입을 금합니다. 산책로를 이용하실 분은 아래쪽에 새로 만들어진 입구 표지판을 따라 가시기 바랍니다. – 야생동물보호센터〉

표지판 밑에 메모지 한 장이 같이 붙어 있었어요.

〈고양이야, 미안해. 담비야, 미안해.〉

삐뚤빼뚤한 글씨의 주인공이 누군지 금방 알 수 있었지요.

"담비야! 이젠 훨훨 날아다닐 수 있겠다. 있겠어!"

딱따구리가 느티나무 가지 위로 날아올랐어요. 담비도 느티나무 등을 타고 올라갔어요. 아기 고양이들도 담비 뒤를 따라 볼볼 기어 다녔죠. 그 뒤를 엄마 고양이가 느릿느릿 따라갔어요.

"담비야!"

족제비였어요. 뒤늦게 소식을 들은 족제비 가족이 바람을 가르며 달려오고 있었어요.

느티나무가 간지러운 듯 가볍게 몸을 흔들었어요. 작은 잎사귀들이 사사사삭 소리 내어 웃었어요.

기영이를 바라보는 뿌사리의 눈동자가 바르르 떨렸어요.
그렁그렁 매달린 눈물방울이 흔들렸어요.
제발 살려 달라고 애원하는 것 같았지요.

뿌사리

뿌사리

"당할매, 할매를 뫼실 동네소를 모셔 왔어라우."

아빠가 당집 앞에서 고개를 숙이고 말했어요.

"칫, 그 안에 누가 있다고."

기영이는 당집을 쏘아보며 중얼거렸어요. 아빠는 못 들은 척 뿌사리의 목줄과 코뚜레를 벗겼어요. 뿌사리가 좋아라 큰 몸을 흔들었지요. 작은 당집이 뿌사리의 몸에 가려 꼭 장난감 집 같았어요.

"그만 가자!"

아빠가 기영이를 잡아끌었어요. 한 손에는 목줄과 코뚜레가 들려 있었죠.

“음머~”

뿌사리가 불안한 눈빛으로 기영이를 바라봤어요.

“싫어! 뿌사리랑 같이 있을 거야.”

기영이는 아빠 손을 뿌리쳤어요.

“밤이 되면 당할매가 오실 건디 괜찮겄냐?”

벌써 어둑어둑 해가 지고 있어요. 기영이는 당집을 쳐다보았어요. 작은 전각 위로 시커먼 그림자가 움직였어요. 금방이라도 당할매가 달려들 것만 같았지요. 기영이는 슬그머니 아빠 손을 다시 잡았어요.

“내일 또 올게.”

언덕을 내려오면서 몇 번이나 뒤를 돌아보았어요. 뿌사리를 혼자 두고 가야 하다니, 아빠가 정말 미웠어요.

기영이의 일곱 번째 생일날, 송아지가 태어났어요. 어미 소는 밤을 꼬박 새우고 새벽녘에서야 송아지를 낳았어요. 하느님이 기영이에게 준 생일 선물이었죠. 송아지는 건강하게 무럭무럭 자랐어요. 2년쯤 지나자 덩치가 어른들보다 더 커졌어요. 그래도 기영이에게는 항상 동생이었죠.

몇 달 전, 송아지는 코뚜레로 코를 뚫고 뿌사리가 되었어요. 친구들은 둘을 가리켜 뿌사리 형제라 불렀어요. 기영이의 성이 소씨라서 붙여진 별명

이에요. 싫지 않았어요. 어쩌면 전생에 진짜 형제였을지도 모르잖아요.

다음 날 기영이는 아침 일찍 집에서 나왔어요. 뿌사리가 걱정되어 아침도 먹는 둥 마는 둥 했지요. 단숨에 언덕까지 뛰어 올라갔어요. 나뭇가지들 사이로 설핏 당집이 보였어요. 왠지 오소소 소름이 돋았어요. 숨을 한 번 크게 들이쉬었어요. 아직까지 혼자서 당집에 가 본 적은 없었거든요.

"음머~"

밤나무 가지 사이로 뿌사리의 누런 등이 보였어요. 용기가 생겼지요. 혼자가 아니니까요.

당집 앞에는 호박을 넣은 쇠죽과 옥수숫대, 짚단, 뿌사리가 좋아하는 먹이가 잔뜩 놓여 있었어요. 뿌사리가 옥수숫대를 먹으며 다가왔어요.

그때 알밤 하나가 톡 떨어졌어요. 뿌사리가 깜짝 놀라 뒤로 물러났어요. 반질반질한 알밤들이 여기저기 흩어져 있었지요. 기영이는 신나서 알밤을 주웠어요. 금방 주머니가 불룩해졌어요.

"음머~ 음머~"

뿌사리가 밤나무를 쿵 들이받았어요. 또 장난기가 발동한 거예요. 밤송이와 알밤이 한꺼번에 쏟아졌어요.

"아야!"

알밤 하나가 기영이 머리를 때렸어요. 선생님께 꿀밤을 맞은 것처럼 머리가 띵했지요.

"너어~ 나랑 한번 해 보자 이거지?"

기영이는 주머니에서 알밤을 꺼내 뿌사리에게 던졌어요. 뿌사리가 기영이를 힐끔힐끔 쳐다보며 또다시 밤나무를 들이받았지요.

이번에는 밤송이가 뿌사리 등으로 떨어졌어요. 뿌사리가 꼬리를 세차게 흔들며 펄쩍펄쩍 뛰었어요.

"하하하! 쌤통이다, 쌤통!"

기영이는 학교에 가서도 뿌사리 생각만 했어요. 끝나자마자 제일 먼저 교실을 나왔지요. 교문 앞 영암 할배 텃밭에 뿌사리가 와 있었어요.

"야, 형님 뿌사리! 동생 뿌사리가 마중 나왔다."

뒤따라온 친구들이 와르르 웃으며 기영이를 놀렸어요.

"근데 어쩌냐? 니 동생이 동네소가 돼버렸으니!"

병철이가 깐죽거리며 약을 올렸어요. 기영이는 두 눈을 치켜뜨고 병철이를 노려보았어요. 병철이가 혀를 쏘옥 내밀었어요. 기영이는 입을 앙다물고 병철이에게 다가갔어요. 친구들이 순식간에 몰려들었어요. 병철이가 슬금슬금 뒷걸음질을 쳤어요.

그때였어요.

"느그들 뭣 허는 거여? 싸움질허냐?"

영암 할배의 목소리였어요.

"너, 한 번만 더 그딴 말 하면 죽을 줄 알아!"

기영이는 친구들을 뒤로하고 언덕을 향해 걸었어요. 뿌사리가 묵묵히 뒤를 따라왔어요.

내리언덕에는 항상 바람이 불어요. 오늘도 바람에 풀들이 납작 엎드렸어요. 강아지풀과 억새풀도 허리를 숙였지요. 언덕이 뿌사리 털처럼 가지런해졌어요.

언덕에서 보는 바다는 까만 줄무늬와 주황색 부동들로 가득했어요. 전복과 다시마 양식장을 나타내는 표시예요. 이곳 넙도 사람들의 일터지요. 지금쯤 아빠도 저기에 있을 거예요. 기영이는 어제부터 아빠랑 한마디도 하지 않았어요. 앞으로도 절대 말 안 할 거예요.

자신도 모르게 두 주먹을 꽉 쥐었어요. 뿌사리가 주먹 쥔 기영이 손을 핥았어요. 간지러워 까르르 웃고 말았죠.

"네가 지금 이런 장난 칠 때냐?"

기영이가 뿌사리 머리를 밀어내며 말했어요.

병철이의 말처럼 뿌사리는 동네소가 되어 버렸어요. 동네소는 당제를 지낼 때 제물로 쓰일 소를 말해요. 원래는 뭍에서 사 와 가을 동안 동네 사람들이 함께 길러서 제물로 바쳤어요. 그런데 올여름 태풍에 배가 세 척이나

가라앉고 사람들도 많이 다쳤어요.

어른들은 제물이 신성하지 못해서 당할매가 화가 난 거래요. 그래서 올해부터는 믿을 수 있는 이 마을 소를 바치기로 했대요. 결국, 이 마을에서 가장 순하고 건강한 기영이네 소가 뽑힌 거예요.

기영이는 바다가 빨갛게 물들 때까지 뿌사리와 놀았어요.

"이제 그만 집에 가자!"

뿌사리가 기영이를 한 번 쳐다보고는 당집을 향해 느릿느릿 걸어갔어요.

"그쪽 말고, 우리 집으로 가자고!"

기영이가 뿌사리를 향해 소리를 질렀어요. 그래도 뿌사리는 걸음을 멈추지 않았어요. 노을빛을 등지고 천천히 멀어졌어요.

"이젠 정말, 우리 소가 아니구나……."

눈앞이 뿌옇게 흐려졌어요.

뿌사리가 동네소가 돼서 좋은 점도 있어요. 자유가 주어졌다는 거예요. 누구 밭이든, 누구 집이든 들어가 맘대로 먹어도 아무도 막아서지 않아요. 또 당집 앞에는 뿌사리가 좋아하는 먹이가 잔뜩 쌓여 있어요. 동네 사람들이 갖다 놓은 거예요.

둘은 온 섬을 돌아다니며 놀았어요. 놀다 지치면 뿌사리의 등에 올라타기도 했지요. 영암 할배한테 들켜 혼날 적도 있지만 뿌사리 등에 타는 건

정말 재밌어요. 겨우 일 미터쯤 높아졌을 뿐인데 세상이 넓고 길어 보이거든요. 게다가 뿌사리가 걸으면 쿵쿵, 흔들흔들, 정말 스릴 만점이죠.

어느새 가을이 가 버렸어요. 날카로운 바람에 눈송이까지 흩날렸어요.

기영이는 뿌사리를 강제로 집으로 데려왔어요.

"우리 외양간에서 재워도 되죠?"

아빠는 외양간에 마른 짚을 두툼하게 깔아 주었어요, 늙은 호박을 잔뜩 넣어 쇠죽을 쑤었지요. 기영이는 그래도 아빠가 미웠어요.

아침에 일어나 보니 뿌사리는 보이지 않았어요. 당집 앞 후박나무 아래로 돌아간 거예요.

당제를 지낼 정월 초하루가 열흘 앞으로 다가왔어요.

"기영아! 이제 뿌사리하고는 그만 붙어 댕겨라."

아빠가 집을 나서는 기영이를 말렸어요.

"싫어!"

"너만 힘들어져, 이것아!"

눈물이 핑 돌았어요. 숨이 막혔어요. 이번 당제의 제주가 아빠래요. 그러니까 뿌사리는 아빠 손에 죽게 된다는 거예요. 속이 메스꺼웠어요. 꼭 토할 것 같았어요. 작년 설날에 먹은 소고기가 몸 어딘가에서 꿈틀대는 것 같았지요. 이번 설날 떡국에 들어갈 소고기를 생각하니 온몸에 소름이 돋았어요.

기영이는 발끝에 닿는 건, 그것이 무엇이든 마구 발길질을 했어요. 마당에서 씩씩하게 자라던 질경이가 뿌리째 뽑히고, 분리수거해 놓은 깡통들이 요란한 소리를 내며 여기저기 흩어졌어요. 그래도 분이 풀리지 않았어요. 마당을 뛰쳐나와 무조건 달렸죠.

숨을 헐떡이며 멈춰 선 곳은 당집 앞이었어요. 몇백 년, 아니 몇천 년 전에 살았는지도 모르는 당할매를 위해 지은 전각이에요.

당집을 뚫어지게 노려보았어요. 그동안은 무서워서 가까이 가지도 못했지만 오늘은 따져 볼 참이에요. 꼭 뿌사리를 제물로 받아야만 하겠느냐고. 그렇게 하지 않으면 우리 마을 사람들을 몽땅 바다에 빠져 죽게 할 거냐고요. 문을 벌컥 열어젖혔어요. 두 주먹을 꽉 쥐고, 눈에 잔뜩 힘을 주어 방안을 쏘아보았어요.

작은 궤 위에 흰 고무신 두 켤레가 가지런히 놓여 있었어요. 그뿐이었어요. 당집 안에는 아무것도 없었어요. 당할매는 물론, 사진 한 장, 그림 한 점도 없었어요. 몸에서 힘이 쭉 빠졌어요. 한참 동안 그저 흰 고무신만 물끄러미 바라보다가 말없이 문을 닫았어요.

"음머~"

기영이를 바라보는 뿌사리의 눈동자가 바르르 떨렸어요. 그렁그렁 매달린 눈물방울이 흔들렸지요. 제발 살려 달라고 애원하는 것 같았어요.

"너도 무섭지? 우리 도망가자!"

기영이는 뿌사리를 숨길 만한 장소를 찾아 섬을 헤매고 다녔어요.

"다른 섬에는 동굴도 많다던데."

내리언덕에 서서 마을과 바다를 빙 둘러보았어요. 동굴 하나 없는 넙도가 야속했어요.

그때 갯벌 끝에 있는 솔섬이 눈에 들어왔어요. 며칠 후면 바닷길이 열린다던 아빠 말이 생각났어요. 기영이 얼굴이 환해졌어요.

날마다 썰물 때를 기다렸어요.

드디어 솔섬까지 바닷길이 열리는 날이에요.

어른들은 아침부터 모두 마을 회관에 모였어요. 당제 준비를 위해 회의를 한대요. 기영이는 주섬주섬 옷을 껴입고, 장화를 신고 집을 나섰어요. 그동안 서른 번도 넘게 생각한 일이지만 막상 닥치니까 온몸이 부르르 떨렸어요.

"가자, 어른들이 절대 찾을 수 없는 곳으로."

뿌사리는 꿈쩍도 하지 않았어요. 어른들이 언제 돌아올지도 모르는데, 기영이는 답답해서 미칠 것 같았어요. 고삐가 없으니 억지로 잡아끌 수도 없어요.

"이 바보야! 너, 이러고 있으면 죽어!"

기영이는 화가 나서 소리를 질렀어요.

"거, 기영이 아니냐? 거그서 뭣 헌다냐?"

기영이는 너무 놀라 주저앉을 뻔했어요. 앙상한 나뭇가지 사이로 영암 할배의 얼굴이 어룽어룽 보였어요.

"뿌, 뿌사리랑 놀고 있어요."

가슴이 쪼그라드는 것 같았죠.

"그려? 니 맴이 거시기허것다. 쯧쯧쯧."

다행히 영암 할배는 아무것도 눈치채지 못한 것 같아요.

"할아버지, 회의가 벌써 다 끝났어요?"

"아니여. 몸이 쪼까 안 좋아서 나 먼저 나왔다."

기영이는 영암 할배가 보이지 않을 때까지 꼼짝도 할 수 없었어요.

그사이 뿌사리는 마른 짚을 씹기 시작했어요. 기영이는 화가 나서 먹고 있는 짚을 뺏어 버렸어요. 그때서야 뿌사리가 기영이를 쳐다봤어요. 기영이는 짚을 들고 뒷걸음질을 쳤어요. 드디어 뿌사리가 기영이를 따라 움직였어요. 마을 회관 앞을 지날 때는 숨이 멎을 것 같았어요. 다행히 아무도 만나지 않고 바닷가에 도착했어요.

물 빠진 갯벌 위에 까만 자갈길이 구불구불 놓여 있었어요. 그 길 끝에 솔섬이 있어요. 숨을 한 번 깊게 들이마시고 갯벌로 들어갔어요. 금방이라도 동네 사람들이 쫓아올 것만 같았죠. 마음이 급해졌어요. 기영이와 뿌사리는 칼바람을 맞으며 갯벌을 걷고 또 걸었어요. 바람이 겹겹이 입은 옷을 뚫고 살 속으로 파고들었죠. 그렇게 자꾸만 밀어내는 바람과 싸우며 솔섬에 도착했어요.

섬은 바람이 부는 반대편으로 가자 제법 아늑하고 따뜻했어요. 뿌사리가 좋아하는 마른풀도 많았지요.

"여기서 사흘만 버티는 거야. 그럼, 넌 살 수 있어."

뿌사리가 마른 풀 위로 길게 누웠어요. 두 시간만 있으면 다시 물이 들어올 거예요. 그동안만이라도 함께 있어 주고 싶었어요. 기영이도 뿌사리 등에 비스듬히 기대고 누웠어요. 누릿한 냄새와 함께 쿵쿵쿵 심장 소리가 들렸어요. 한낮의 햇살에 언 몸이 녹느라 후끈후끈 열이 났어요. 자꾸만 눈이 감겼어요.

기영이가 눈을 떴을 때, 솔섬은 다시 바닷물에 갇혀 있었어요. 눈앞이 캄캄했어요. 몸이 으슬으슬 떨렸어요. 여기에서 밤을 보내야 한다고 생각하니 덜컥 겁이 났지요. 기영이는 뿌사리 몸에 자기 몸을 바짝 붙였어요.

그때였어요. 멀리서 바지선을 매단 배 한 척이 다가왔어요. 아빠였어요.

"아빠! 아빠!"

기영이는 몰래 도망 온 것도 잊어버리고 펄쩍펄쩍 뛰면서 두 손을 흔들었어요.

"많이 춥제?"

아빠가 기영이를 꼭 안아 주었어요. 기영이는 그만 울음을 터뜨리고 말았어요. 아빠는 커다란 담요를 펼쳐 기영이를 감싸 주었지요.

뿌사리를 바지선에 싣고, 아빠가 배에 시동을 걸었어요.

기영이는 바지선으로 건너갔어요. 담요를 벗어 뿌사리에게 덮어 주고, 자신도 담요 속으로 쏘옥 들어갔지요. 그 모습을 본 아빠가 무슨 말인가를 하려다 말았어요.

부두에 도착하자 아빠는 배에서 뛰어내렸어요.

"기영아, 거기 밧줄 좀 던져라."

아빠가 바지선 귀퉁이를 가리키며 소리쳤어요. 부두에 묶어 두려나 봐요.

밧줄을 집으려는데 옆에 놓여 있는 장대가 눈에 들어왔어요.

"이대로 뿌사리를 죽게 할 순 없어!"

기영이는 장대를 들어 힘껏 바지선을 부두로부터 밀어냈어요. 바지선이 한쪽으로 빙그르 돌면서 다른 쪽 귀퉁이가 부두 모서리에 부딪쳤어요. 휘청거리며 부두로부터 조금 떨어졌지요. 뿌사리가 놀라 음머, 소리를 질렀어요.

"기영아! 왜 그랴?"

아빠가 소리쳤어요. 기영이는 다시 장대로 바지선을 밀어냈어요. 이번

에는 반대쪽으로 돌았어요. 뿌사리가 제자리에서 뛰기 시작했어요. 뗏목이 큰 파도를 만난 것처럼 출렁거렸어요. 금방이라도 뒤집힐 것 같았지요.

"바보야, 가만히 좀 있어!"

기영이가 놀란 뿌사리의 얼굴을 쓰다듬으며 소리쳤어요.

"이를 어쩐다냐! 너, 지금 뭣 허는 거여?"

기영이는 다시 장대에 힘을 주었어요. 하지만 바지선은 바다로 나아가지 못하고 제자리에서 맴돌았어요. 뿌사리가 또다시 안절부절못하고 뱅뱅 돌았어요.

"지발 가만히 좀 있어야!"

기영이가 뿌사리 목을 끌어안았어요. 동네 사람들이 하나, 둘 모여들었어요.

"어쩌꺼나! 저러다가 다 죽것네."

어느새 고깃배들이 바지선을 빙 둘러쌌어요. 이제 한 발짝도 움직일 수가 없어요. 기영이는 뿌사리의 목을 더 세게 끌어안았어요.

"이젠, 잠자리 절대 안 잡을 거야."

송이는 곤충 채집통을 재활용 분리수거 바구니에 던져 버렸어요.

나도 바지랑대에서 거미줄 잠자리채를 분리시켰죠.

귓속에 사는 무당거미

귓속에 사는 무당거미

"오빠, 어떡해! 잠자리가 두 마리나 죽었어."

송이는 아침부터 곤충 채집통을 들고 징징거렸어요.

"걱정 마, 오늘 다시 잡아 줄게."

나는 곤충 채집통의 뚜껑을 열었어요. 잠자리 두 마리가 힘겹게 날아갔어요. 나머지는 꼼짝도 하지 않았어요. 송이가 한 마리씩 꺼내 풀잎 위에 올려놓았죠.

우리는 날마다 잠자리와 매미를 잡으며 놀다가 채집통이 꽉 차면 모두 놓아주었어요. 그런데 어제는 송이가 고집을 부려 놓아주지 못했던 거예요.

나는 거미줄을 걷으러 집 주변을 한 바퀴 돌고, 뒷마당에 있는 감나무로 갔어요. 무당거미는 어제보다 더 높은 곳에 집을 지어 놓았어요.

"히히, 무당거미야, 오늘도 네 집 좀 빌려 간다."

무당거미가 거미줄 끝에 매달린 채 움직이지 않았어요. 절대로 자기 집을 내놓을 수 없다는 듯이. 나는 잠자리채로 무당거미를 슬쩍 건드렸어요. 무당거미가 긴 줄을 타고 '툭' 떨어지다 내 눈 앞에서 멈췄어요. 꼼짝 않고 나를 노려보았어요. 나도 뚫어져라 마주 보았죠. 무당거미가 거미줄에 매달려 뱅뱅 돌기 시작했어요. 노란색과 검정색의 얼룩무늬가 작은 소용돌이를 만들었어요. 소용돌이는 점점 작아지더니 모기만 해졌어요. 갑자기 소용돌이가 멈췄어요. 거미줄이 뚝 끊어졌어요. 순간 거미가 사라져 버렸어요.

볼볼볼, 머릿속이 가닐거렸어요. 고개를 숙이고 두 손으로 머리를 털었죠. 아무것도 없었어요.

"윽-."

갑자기 왼쪽 귓속이 따끔했어요. 손가락으로 귓속을 후볐지만 아무것도 잡히지 않았어요.

"오빠! 왜 그래?"

송이가 달려왔어요.

"거미가, 거미가 내 귓속으로 들어간 것 같아!"

“뭐?”

“무당거미가 내 귓속으로 들어간 것 같다니까!”

“정말?”

송이가 놀라서 내 귓속을 살폈어요.

“아무것도 없는데. 아파?”

“뭐가 기어 다니는 것 같이 간질간질하고, 먹먹해.”

“그럼, 병원 가야 하는 것 아냐?”

병원이라는 말에 거짓말처럼 귓속이 편안해졌어요.

우리는 다시 거미줄을 찾아다녔죠.

‘하지 마, 하지 마!’

“어, 무슨 소리지? 너도 들었어?”

“무슨 소리? 난, 안 들리는데.”

송이가 눈을 동그랗게 뜨고 두리번거렸어요.

다시 귀가 먹먹해지는 것 같았어요. 나는 기분이 찜찜해서 잠자리채를 송이에게 주고 집으로 돌아와 버렸어요.

마루에 벌렁 누워 하늘을 바라봤어요. 꼭 꿈을 꾸는 것 같아요.

우리 가족은 한 달 전에 이곳 방골 마을로 이사 왔어요. 아빠가 직장을 잃었거든요. 방골 마을은 ‘빨리빨리’라는 말에 쫓겨 살던 도시의 생활과는

완전히 달랐죠. 학원은 물론 방학이라 학교도 가지 않아요. 하루 종일 냇가에서 물놀이를 하거나 동네를 돌아다니며 잠자리나 매미를 잡으며 신나게 놀았어요. 그러다가 며칠 전 실수로 잠자리채를 부러뜨리고 말았지요. 우리의 유일한 놀이 도구였는데…….

내 머릿속에는 온통 잠자리채를 다시 만들 생각밖에는 없었어요.

그때 만난 것이 바로 무당거미였어요. 지붕과 감나무 사이의 거미줄에 잠자리가 걸려 있는 것을 보고 거미줄 잠자리채를 생각해낸 거예요.

철사를 둥그렇게 구부려 양쪽 끝을 꼬아서 바지랑대에 꽂았어요. 그러고 둥그런 철사에 거미줄을 걷었지요. 거미줄을 여러 겹 거푸 걷었더니 끈적끈적하고 낭창낭창한 거미줄 잠자리채가 만들어졌어요.

잠자리를 잡다가 잠자리채에 구멍이 뚫리면 다시 거미줄을 걷어서 고쳤지요. 더 이상 거미줄을 찾을 수 없을 때까지 우리는 잠자리와 매미를 잡았어요.

잠시 지난 생각을 하고 있는데, 송이가 거미줄이 잔뜩 감긴 잠자리채를 들고 들어왔어요.

"오빠, 빨리 잡으러 가자!"

송이가 매미를 잡아 달라고 졸랐어요. 내가 싫다고 하자, 아침에 한 약속을 지키라며 막무가내로 매달렸어요. 어쩔 수 없이 다시 잠자리채를 들고 송이를 따라 나섰어요. 마을 앞에 있는 느티나무로 갔어요. 느티나무에는 매미가 많았지만 난 잡을 수가 없었어요. 송이가 잠자리채를 빼앗아 가서 매미 한 마리를 잡았죠.

'찌르르르.'

쇳소리가 들렸어요. 고막이 터질 것처럼 아팠어요.

"으윽!"

두 손으로 귀를 감싸고 주저앉았어요.

“오빠, 왜 그래?”

매미를 잡아 곤충 채집통에 넣던 송이가 놀라서 달려왔어요. 설마 했는데, 진짜 거미가 들어간 게 틀림없어요.

“비명 소리가 들렸어.”

“장난치지 마! 괜히 매미 잡기 귀찮으니까 그러는 거지?”

송이가 얼굴을 잔뜩 찡그리며 투덜거렸어요.

“아냐, 정말이라니까.”

“그럼, 빨리 병원에 가야지.”

송이는 내 팔을 잡아끌며 일으켰어요. 귀가 먹먹하면서 송이의 목소리가 모기 소리처럼 작아졌어요.

“네 목소리가 안 들려!”

나는 크게 소리쳤어요. 송이가 걱정스러운 표정으로 뭐라 말했지만 입만 달싹달싹할 뿐 들리지 않았어요. 송이는 나를 느티나무 뿌리 위에 앉혀 놓고 잠자리채와 곤충 채집통을 갖고 왔어요.

‘찌르르르.’

쇳소리가 또다시 귓속을 파고들었어요.

“으으윽…….”

두 손으로 귀를 막고 땅바닥을 굴렀어요. 내 팔을 잡아 주던 송이도 엉덩방아를 찧었죠. 곤충 채집통이 내 앞으로 굴러떨어졌어요.

갑자기 귓속이 조용해졌어요. 놀란 매미와 잠자리들이 날개를 파닥이며 자꾸만 채집통 벽에 부딪쳤어요. 그러더니 투명한 벽에 붙어서 일제히 나를 바라보는 거예요. 파닥거리는 날개로 내게 무슨 말인가를 하고 있는 것 같았죠.

'살려 줘! 살려 줘!'

나는 곤충 채집통의 문을 활짝 열었어요. 갇혀 있던 잠자리와 매미들이 날아올랐어요. 빈 곤충 채집통만큼 내 머리도 가벼워졌어요.

"오빠! 괜찮아?"

울먹이는 송이 목소리가 들렸어요.

나는 천천히 일어나서 옷에 묻은 흙을 털어 냈어요. 송이가 텅 빈 곤충 채집통을 보고 무슨 말인가를 하려다 그만두었어요.

나는 조심조심 마루에 걸터앉았어요. 잘못 움직이면 또다시 귓속에서 무슨 소리가 들릴 것만 같았거든요. 신발을 신은 채 가만히 마루에 등을 대고 누웠어요.

'빨리, 내 집 돌려줘!'

어디선가 아주 가느다란 목소리가 들렸어요. 벌떡 일어났어요.

“도대체 넌 누구야? 숨지 말고 나와서 얘기해.”

‘난, 네 귓속에 있어.’

“내 귓속에 있다고? 네가 누군데 내 귓속에 있다는 거야?”

‘아침에 네 귓속으로 들어갔잖아.’

“그럼, 네가 그 무당거미?”

‘그래, 집이 없어졌으니까 난 여기서 살 거야.’

“말도 안 돼. 빨리 나와! 너는 다시 집 지으면 되잖아.”

더 이상은 아무 소리도 들리지 않았어요.

나는 새끼손가락으로 양쪽 귓속을 후볐어요. 귀에 물이 들어갔을 때처럼 한쪽 귀를 아래로 숙이고 손바닥으로 두드렸어요. 아무 소용이 없었어요. 거미가 내 귓속에 있다고 생각하니, 온몸에 수수 알갱이 같은 소름이 돋았어요.

이러다 귓속에 거미줄 치는 건 아닌지 털컥 겁이 났어요. 벌레가 다닥다닥 붙어 있는 거미줄이 귓속을 꽉 메우고 있는 상상을 하자 온몸이 부르르 떨렸어요.

“귓속에 거미가 들어갔다고? 소리가 잘 안 들려?”

송이가 밭에서 일하는 엄마를 모시고 왔어요.

“이상한 소리가 들렸어요.”

"어떤 소리?"

엄마는 귀에 손전등을 비추며 물었어요.

"그냥 이상한 소리."

사실대로 말할 수가 없었죠.

"안 되겠다. 빨리 병원에 가 보자."

엄마는 나를 읍내 이비인후과에 데려갔어요. 의사 선생님이 귓속에 볼펜처럼 생긴 기계를 집어넣었지요. 컴퓨터에 귓속의 모습이 나타났어요.

"아무것도 없는데요. 전에 중이염을 심하게 앓은 흔적이 있군요."

엄마가 고개를 끄덕였어요.

"귓속에서 이상한 소리가 들리기도 하고, 귀가 먹먹하니 소리가 아예 안 들리기도 했대요."

엄마가 걱정스러운 목소리로 다시 한 번 말했어요. 의사 선생님은 몸이 약하거나 기운이 없으면 가끔 귀가 먹먹하고 환청이 들릴 수도 있다고 했어요.

정말 환청이었을까? 나는 마루에 누워 의사 선생님 말씀을 곰곰이 생각해 봤어요.

"오빠! 이리 좀 와 봐."

송이는 마당 한구석에 쪼그리고 앉아 있었어요. 날개와 꼬리가 따로따로

떨어진 잠자리를 개미들이 새까맣게 달라붙어서 어디론가 끌고 가고 있었어요.

"오빠, 우리가 아침에 놓아준 잠자리가 이렇게 됐나 봐."

송이 눈에 눈물이 그렁그렁해졌어요.

"다 살아서 날아갈 줄 알았는데……."

나도 눈물이 핑 돌았어요.

"이젠, 잠자리 절대 안 잡을 거야."

송이는 곤충 채집통을 재활용 분리수거 바구니에 던져 버렸어요. 나도 바지랑대에서 거미줄 잠자리채를 분리시켰죠.

송이와 나는 나란히 마루에 걸터앉았어요.

마당 하늘 가득 고추잠자리가 날아다니고 있었어요. 하루 동안의 일이 꿈처럼 느껴졌어요.

나는 뒷마당으로 갔어요. 무당거미가 기둥과 감나무 사이에 열심히 거미집을 짓고 있었어요. 우리가 처음 만났을 때처럼.

"너, 이제 내 귓속에서 나온 거야?"

무당거미는 집이 완성될 때까지 두 시간이 넘게 쉬지 않고 움직였어요. 나도 눈으로 함께 거미집을 지었어요. 거미는 장풍을 쏘는 능력이 있나 봐요. 소리 없이 거미줄이 날아가 감나무에 가서 붙기도 하고, 지붕에 붙기

도 했어요. 뼈대가 될 날실을 치고, 왔다 갔다 하면서 튼튼하게 만들었지요. 다음은 가는 씨실을 듬성듬성 치더니, 다시 밖에서부터 굵은 씨실을 꼼꼼하게 쳐 갔어요. 드디어 거미집이 완성되었어요. 눈이 따갑고 머리가 어질어질했어요.

'거미집을 만드는 것이 이렇게 힘든 일이었구나.'

벌써 해가 지고 있었어요. 저녁 하늘이 몽땅 거미줄에 걸렸어요. 무당거미의 몸에도 석양이 깃들었어요. 거미와 거미줄이 황금색으로 반짝였어요.

해랑은 여기저기 기웃거리며 문이란 문은 모두 열어젖혔어.
부엌문도, 광문도, 벽장문도 열었지.

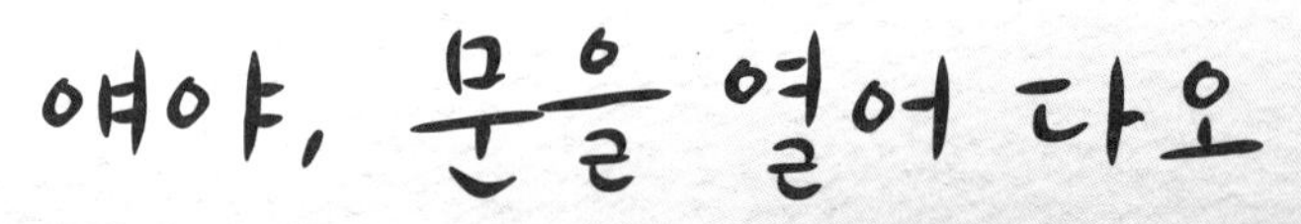
얘야, 문을 열어 다오

얘야, 문을 열어 다오

나는 몇 년 전 지방문화재로 지정된 백스물두 살 먹은 기와집이야.

어제부터 돌담 아래 노란 수선화가 얼굴을 내밀었어. 하지만 나는 아직도 으슬으슬 춥기만 해. 겨울 내내 온기 없이 지냈더니 감기에 걸렸나 봐. 기침을 할 때마다 몸에서 삐거덕거리는 소리가 나고, 지붕은 들썩거렸지. 기왓장에 뿌리를 내린 민들레도 덩달아 바르르 몸을 떨었어.

그때였어.

"끼이익."

대문이 열리고 할멈이 해랑 아빠의 부축을 받으며 들어오는 거야.

나는 할멈을 보자 반가워 목이 메었어.

뒤이어 노란 티셔츠에 하얀 모자를 쓴 여자아이가 따라 들어왔어. 낡고 오래된 내 모습이 신기한지 아이는 내게서 눈을 떼지 못했어. 하얀 피부에 동그란 눈, 귀여운 보조개, 해랑이가 틀림없어. 그 아기가 이렇게 커서 날 찾아오다니! 주책없이 가슴이 두근거렸어.

"할머니, 저기 지붕 위에 민들레꽃이 피었어요."

앞마당과 뒷마당을 뛰어다니던 해랑이 내 머리에서 민들레를 발견하고는 소리쳤어.

"해랑아, 위험하니까 함부로 돌아다니지 마라."

해랑 아빠가 못마땅한 표정으로 소리쳤지.

아무렴, 내가 지 새끼 하나 못 살필까 봐 전전긍긍하는 해랑 아빠를 보자 나도 화가 났어.

"정말 죄송합니다. 성주님을 이렇게 흉한 모습으로 만들다니!"

멀거니 올려다보는 할멈 얼굴에 그새 주름이 늘었어. 나보다 더 늙어 보였지. 갈라진 벽 틈새로 겨울바람이 지나가듯 가슴이 시렸어.

"할머니, 이 집 이름이 성주님이야?"

"암, 성주님이지. 옛날 옛적 너의 할아버지의 할아버지의 할아버지 때부터 여기서 살았단다. 그때부터 우리 식구들을 전부 품어서 살펴 주셨으니 성주님이지."

"그렇게 오래됐어? 완전 늙은 집 할아버지네. 아빠도 여기서 살았어요?"

"암, 니 애비도 여기서 낳고 키웠제."

할멈이 해랑 아빠를 보며 흐뭇하게 웃었어.

"열두 살까지 여기서 살았단다. 그때는 참 좋았는데."

어릴 적 일을 떠올리는 듯 해랑 아빠의 얼굴에도 잠시 미소가 떠올랐지.

"이 집에서 훌륭한 어르신도 여러 분 나왔지. 그래서 몇 년 전엔 지방문화재로 지정되었단다."

"지방문화재라고요?"

해랑이 두 눈을 커다랗게 뜨고 날 올려다보았어. 보드랍고 따뜻한 손으로 내 기둥을 어루만졌어. 날개라도 돋아날 듯 온몸이 근질근질했어.

"지방문화재는 무슨? 이젠 팔지도 못하고 우리만 완전 바가지 썼지."

해랑 아빠가 잔뜩 일그러진 얼굴로 중얼거렸어. 어릴 때부터 일찌감치 도시로 나가 살더니만 저놈 눈에는 내가 돈으로만 보이는 모양이야.

해랑이 조심스럽게 마루로 올라왔어.

삐걱삐걱, 걸음을 뗄 때마다 소리가 새어나왔어. 참아 보려 했지만 뒤틀린 마룻바닥이 말을 듣지 않았어. 내가 쓸모없는 고물이 된 것 같아 서글펐어.

먼지를 하얗게 뒤집어쓴 마루에 해랑이 손가락으로 그림을 그렸어. 하늘과 마당을 그렸어. 꽃과 해님과 구름도 그렸지. 손길이 닿는 곳마다 얼었던 몸이 서서히 녹기 시작했어.

—얘야, 방문을 열어 다오.

나는 속삭이듯 말을 건넸어. 그런데 말이야, 정말 알아듣기라도 한 듯 해랑이 방문을 활짝 열지 뭐야. 따스한 봄바람이 방 안으로 들어왔어. 가슴에 얹혀 있던 냉기가 소르르 빠져나갔어.

—창문도 열어 주렴.

해랑은 여기저기 기웃거리며 문이란 문은 모두 열어젖혔어. 부엌문도, 광문도, 벽장문도 열었지.

"두두두두두."

벽장 속에 꼭꼭 숨어 있던 생

쥐 몇 마리가 급하게 달아나느라 작은 소란이 일었어.

내 몸 안으로 햇살이 들어왔어. 기지개를 켰어. 가슴을 쫙 펴고 맘껏 숨을 들이쉬었지.

“조심해! 그러다 떨어지면 어쩌려고?”

마루 끝을 아슬아슬하게 걷는 해랑을 보고 해랑 아빠가 깜짝 놀라 소리쳤어. 나도 예전 그 일이 떠올라 가슴을 쓸어내렸지.

우리가 처음 만난 건 해랑의 첫돌 무렵이었어. 그날도 오늘처럼 햇살이 따스한 봄날이었지.

마루에서 아기랑 놀던 할멈이 이유식을 가지러 부엌으로 갔어. 아기가 입을 삐죽거리며 울음을 터뜨렸어. 그때 제비꽃처럼 작은 노랑나비 한 마리가 마루로 날아들었어. 아기는 울음을 뚝 그치고 나비를 향해 손을 내밀었어. 나비가 머리 위로 날아올랐어. 그러자 아기도 벽을 잡고 일어났어. 나비를 따라 아장아장 걸었지. 나비가 마루를 벗어나자 아기도 나비를 따라 토방으로 날았어.

“후우우!”

나는 얼른 입김을 불어 아기를 감쌌지.

“으앙!”

“아이고, 아가!”

할멈이 소리를 지르며 달려왔어. 다행히 아기는 하나도 다치지 않았고, 울음소리도 금방 잦아들었어.

그때 그 아기가 지금 내 마루 위를 다시 걷고 있는 거야.

"제가 여기서 떨어졌다고요? 그래서 어떻게 됐어요?"

"어떻게 되긴? 성주님이 받아 주셨지."

할멈이 마룻바닥을 다정하게 어루만지며 말했어.

"에이, 집이 어떻게 받아 줘요?"

"참말이란다."

"정말로 집 할아버지가 날 받아 줬단 말이죠?"

해랑이 토방에서 마당으로 껑충 뛰어내렸어. 할멈이 합죽이처럼 입을 오물거리며 웃었지.

"이게 무슨 꽃이에요?"

해랑이 마당 여기저기에 피어 있는 꽃을 가리키며 물었어.

"삼색제비꽃이란다. 아주 귀한 꽃이지. 내 강아지가 태어났던 그 봄에 이 꽃들도 우리 집 마당으로 날아왔단다."

해랑이 조심스럽게 제비꽃에 손가락을 갖다 댔어.

"내 강아지를 꼭 닮은 꽃이지."

"내가 이렇게 예뻐?"

해랑이 제비꽃처럼 환하게 웃으며 꽃밭에 쭈그리고 앉았어. 마치 노랑나비, 흰나비, 보라색 나비가 마당에 앉아 있는 것 같아. 마당이 활짝 웃었어. 할멈도, 나도 웃었지.

그때였어.

"툭 토르르."

뒷마당 돌담 한 귀퉁이가 무너져 내렸어.

해랑이 제일 먼저 달려왔어. 할멈이 해랑 아빠의 부축을 받으며 뒤따라왔어.

"이를 어쩌나! 담이 무너졌으니 성주님이 얼마나 성이 나셨을꼬?"

할멈의 얼굴에 근심이 가득했지.

"저기 좀 보세요, 할머니."

"박새구나. 아마도 근방에 알을 낳은 둥지가 있나 보다."

"새 둥지가 있다고?"

다급하게 날갯짓하는 박새 부부를 할멈은 안타깝게 바라보았어.

해랑은 새 둥지를 찾아 여기저기 기웃거렸어. 뒷마당 마른 풀들을 헤쳐보기도 하고, 처마 밑을 살피기도 하고, 심지어 툇마루 밑으로 기어 들어가기도 했지.

박새 부부는 무너진 담 주변을 돌아다니며 서성였어. 나도 마음이 조마

조마했어.

그때였어.

"찾았다!"

해랑이 어느새 돌담 틈으로 손을 집어넣고 있었어.

— 얘야, 제발 그만두렴. 만지면 안 돼!

이번에도 해랑은 내 말을 들은 것처럼 깜짝 놀라며 얼른 손을 빼냈어.

"큰일 날 뻔했네! 보기만 하는 건 괜찮겠지?"

돌담에 얼굴을 대고 박새 둥지를 들여다보던 해랑의 눈이 동그래졌어.

"우와, 새알이 일곱 개나 있어요!"

"츠츠츠츠츠츠."

박새 부부가 얼른 둥지 속으로 들어갔어.

"할머니, 이러다 여기까지 무너지면 어떡해요?"

해랑이 무너진 담 위로 돌을 쌓기 시작했어. 부지런히 돌을 쌓았지만 울퉁불퉁한 돌들은 금방 무너져 버렸지.

"아가, 그래서는 소용없어야."

할멈도 손녀 옆에 쭈그리고 앉더니 박새 집이 있는 담 아래 돌무지를 만들기 시작했어. 해랑이 부지런히 돌을 날라 왔지.

"어머니, 또 쓰러지면 어쩌려고 그러세요? 이깟 새집이 뭐 그리 중하

다고.”

해랑 아빠가 얼굴을 찌푸리며 할멈을 말렸어.

“우리 집에 온 생명이잖냐.”

할멈이 고집을 부리자 해랑 아빠도 툴툴대며 돌을 쌓았어. 배불뚝이가 된 담이 우스꽝스러웠지만 그래도 튼튼하게는 보였어.

“츠츠 츠츠르르.”

언제 나왔는지 박새 부부가 배불뚝이 담 위에서 통통거렸어.

“할머니, 힘들지 않으세요?”

“괜찮다. 내 집에 오니 살 것 같다.”

할멈을 보고 있자니, 목구멍에서 뜨거운 것이 올라왔어. 젊은 사람들은 대부분 도시로 떠나고 남아 있던 노인들도 하나둘 병들어 죽어 갔어. 재작년 겨울, 할멈도 쓰러져 병원으로 실려 갔지.

그 후로는 아무도 나를 찾지 않았어. 할멈이 죽은 줄 알았어. 나를 쓸고 닦고 어루만지던 할멈의 투박한 손길이 얼마나 그리웠는지 몰라.

할멈이 끄응 소리를 내며 힘겹게 몸을 일으켰어. 해랑이 얼른 달려와 부축했지. 할멈은 무거운 다리를 힘겹게 끌며 부엌으로 들어왔어.

“아가, 저기 살강에서 성냥 좀 가져오너라.”

할멈은 아궁이 앞에 주저앉았어.

"할머니, 뭘 하시려고요?"

"성주님을 겨울 내내 냉골로 지내게 했잖냐?"

할멈은 불쏘시개를 아궁이에 밀어 넣으며 중얼거리듯 말했어. 해랑이 쪼르르 달려가 성냥을 할멈에게 가져다 주었어.

"다 쓰러져가는 집에 불은 넣어서 뭐하시게요?"

부엌문 앞에서 해랑 아빠가 퉁명스럽게 한마디 했어. 할멈은 못 들은 척 쏘시개에 불을 붙였어.

"뒷마당서 장작도 좀 가져올텨?"

해랑이 장작 몇 개를 들고 왔어. 할멈이 활활 타는 불쏘시개 위로 장작을 얹었지. 오랜만에 들어오는 뜨거운 연기에 나도 모르게 기침이 나왔어. 아궁이로 하얀 연기가 토해졌어.

"콜록 콜록!"

할멈과 해랑도 눈물을 흘리며 기침을 해 댔어.

뜨거운 공기가 서서히 내 몸을 데우기 시작했어. 두 사람이 아궁이 앞에 나란히 앉았어. 활활 타는 불꽃에 해랑이 얼굴이 발갛게 달아올랐지. 할멈이 꾸벅꾸벅 졸기 시작했어. 꼭 내 모습을 보는 것 같았어.

—해랑아, 할멈 데리고 그만 가거라.

해랑이 할멈을 살짝 흔들었어. 할멈이 깜짝 놀라며 고개를 들었어.

"아가, 나 좀 누워야겠다."

"이런 집에서 어떻게 잔다고 그러세요? 어서, 차로 가시게요."

해랑 아빠가 달려와 할멈을 부축했어.

"괜찮아, 성주님은 그리 쉽게 안 쓰러져야. 이제 불 넣었으니 금방 뜨끈해질 거다."

"할머니, 그럼 방은 제가 닦을게요."

"그려. 내 강아지가 최고여."

두 사람을 바라보는 해랑 아빠의 얼굴이 잔뜩 일그러졌어.

할멈이 내미는 하얀 수건을 받아든 해랑이 방으로 들어왔어. 방바닥을 문지른 수건에 까맣게 먼지가 묻어났지. 할멈은 마루에 앉아 멍하니 하늘을 봤어.

"이제 와서 내가 어딜 가겠냐? 난 여기서 살다, 여기서 죽을란다."

할멈이 넋두리를 하듯 중얼거렸어. 원망이 가득 찬 얼굴로 나를 흘겨보는 해랑 아빠의 눈이 붉게 충혈됐어.

"이놈의 집구석, 차라리 빨리 무너져 버렸으면 좋겠네."

해랑 아빠는 투덜거리며 마루 밑에서 연장통을 꺼내 들었어.

"아, 따뜻하다. 할머니, 우리 여기서 하룻밤만 자고 가요."

해랑이 방바닥에 벌렁 드러누우며 말했어.

“그럴까? 내 강아지.”

할멈도 그 옆에 나란히 누웠어. 해랑이 할멈 품속으로 파고들며 환하게 웃었지. 투닥투닥, 마룻장을 고치는 해랑 아빠의 망치질 소리를 따라 내 심장도 쿵쿵 뛰었어. 겨우내 얼었던 가슴이 따뜻해졌어. 나는 두 사람을 따스한 온기로 안아 주었지. 내 품안에서, 할멈 품안에서 잠든 해랑의 얼굴에 행복한 미소가 떠올랐어.

느티나무 괴물들
안수자 글
최영란 그림

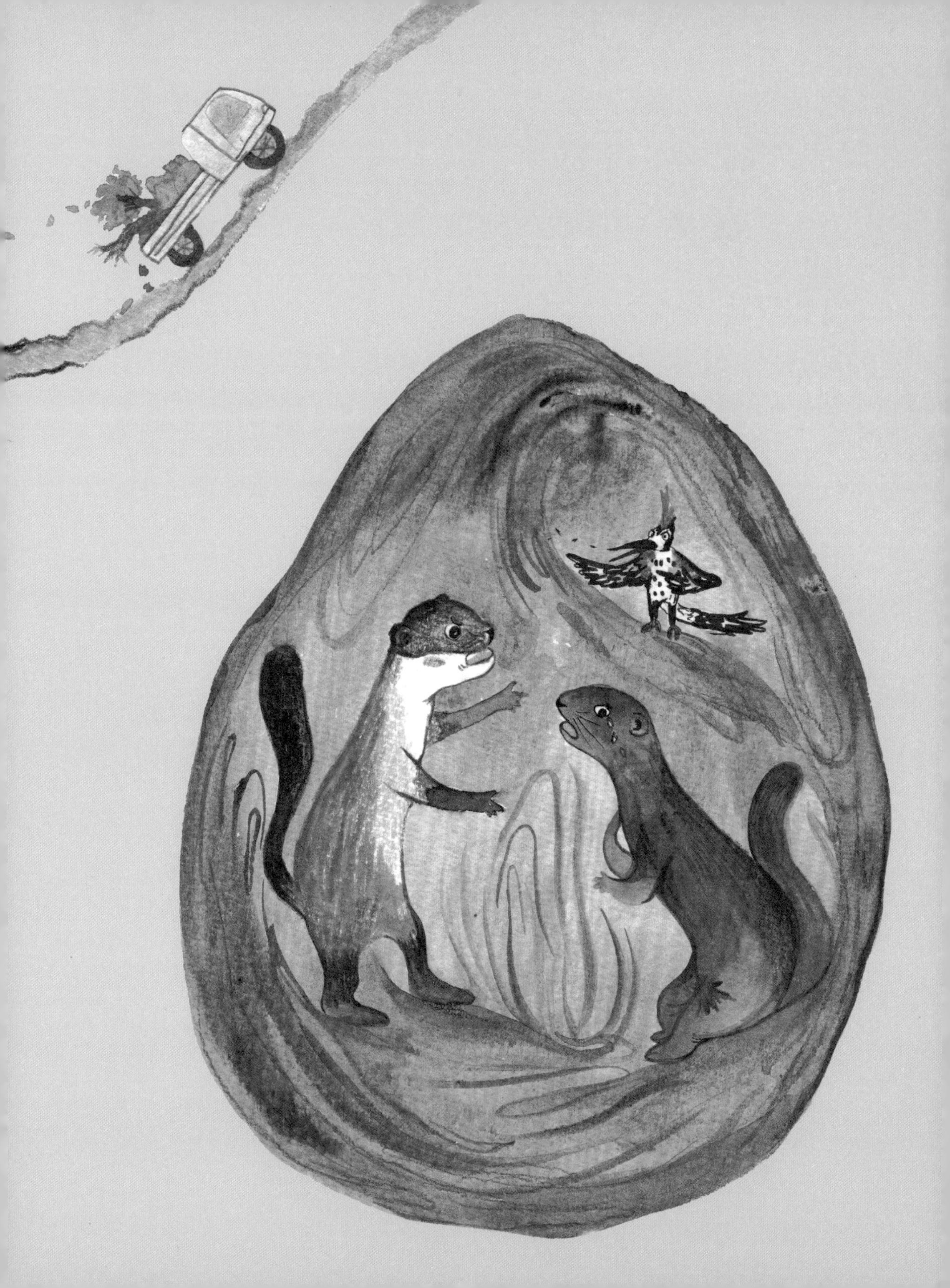